U0619326

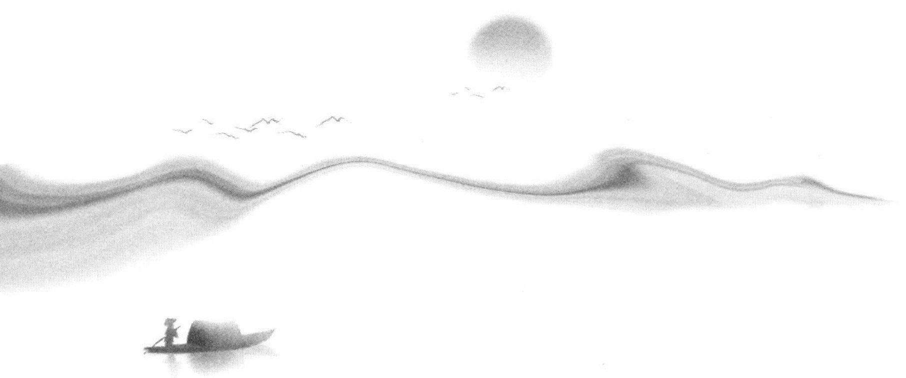

如歌岁月墨芬芳

韦德洪 ◯ 著

北京时代华文书局

图书在版编目（CIP）数据

如歌岁月墨芬芳 / 韦德洪著 . -- 北京 : 北京时代华文书局 , 2024.5
ISBN 978-7-5699-5357-2

Ⅰ . ①如… Ⅱ . ①韦… Ⅲ . ①诗词—作品集—中国—当代 Ⅳ . ① I227

中国国家版本馆 CIP 数据核字 (2024) 第 028111 号

RUGE SUIYUE MO FENFANG

出 版 人：陈　涛
责任编辑：徐敏峰　刘显芳
装帧设计：孙丽莉
责任印制：訾　敬

出版发行：北京时代华文书局 http://www.bjsdsj.com.cn
北京市东城区安定门外大街 138 号皇城国际大厦 A 座 8 层
邮编：100011　电话：010-64263661　64261528
印　　刷：三河市兴博印务有限公司
开　　本：880 mm×1230 mm　1/32　　成品尺寸：140 mm×210 mm
印　　张：12.5　　字　　数：292 千字
版　　次：2024 年 5 月第 1 版　　印　　次：2024 年 5 月第 1 次印刷
定　　价：88.00 元

自 序

我，姓韦，名德洪，字臻旻（寓意达到很高的境界，代表我对事业的追求），号斐穆（寓意有文采、充满诗情画意但又严肃认真，代表我对生活的追求），男，广西南宁市宾阳县人，广西大学工商管理学院（原商学院）财务管理学教授、硕士研究生导师。财政部“全国先进会计工作者”，广西“全区先进会计工作者”，广西大学“建校九十周年突出贡献者”。主讲“公司财务管理”“公司资本经营”“公司财务分析”等课程，在《会计研究》《审计研究》杂志等发表论文 72 篇，撰写著作和主编教材 28 部，主持完成纵向和横向课题研究 28 项，研究成果获得各类奖励 28 次（真巧，连续三个 28）。热爱文学和音乐，习惯用文学记录人生，兴之所至，就拉上诸如《梁祝》《渔舟唱晚》《牧歌》《弦乐小夜曲》等若干首著名的小提琴曲来调节自己的业余生活。喜欢将文学和音乐融入财务管理相关课程的教学活动之中，是一位富有文学情怀和音乐灵性的财务管理学教授。

1962 年 9 月，我出生在广西宾阳县芦圩公社吴村大队（现宾阳县宾州镇吴村村委会）武岭村六队的一户贫苦人家。少年时期，我好像比同龄的孩子都聪明能干。举三个例子。第一，每年秋收时节，学校都号召学生（小学生和初中生）去稻田里捡生产队收割时掉落的零星稻谷，然后交给学校，学校则根据各人上交的多少来奖励作业本或者铅笔等学习用品。这项活动有一个好听的名字叫“小秋收”。每年“小秋收”，我上交的稻谷都比其他孩子上交的多。第二，上小学时，每天早上都要去学校做早操，做完早操还要唱儿歌，我好像对音乐特别有天赋，一首歌很快就学会唱，而且唱得准、唱得好，为此，老师经常叫我到队列前面做领唱。直至今日，很多那个时期的儿歌如《我爱北京天安门》《大家来做广播操》《小小螺丝帽》《针线包是传家宝》等，我都能张口就唱出来。第三，每年七月十四节和春节是我家乡最为隆重的两个传统节日。那个年代，几乎家家户户都在节前的两个多月就买回鸭苗或鹅苗给自家的孩子喂养，以供节日宰杀享用。无论是鸭还是鹅，每年我喂养的都比别家孩子喂养的肥大。这三个例子除了说明我聪明能干之外，还说明我无论做什么事都积极、踏实、用心。这些优良的品性在我后来人生的每一个阶段都展现无遗，成就了我虽然算不上辉煌，但也不至于碌碌无为的人生。

1976 年 7 月，我初中毕业于当时的宾阳县芦圩公社吴村大队吴村初中 7 班。那时，初中升高中的升学制度是评选制，我不知为何没有被评选上，从此中断了学业。因为评选不上高中，我被父亲打了不止一次，觉得非常委屈。那年我虚岁 15 岁，按照生产队的规定，只有虚岁达到 16 岁才能参加生产队劳动，按照半个劳动力来计取工分。我因为未能参加生产队的劳动，父亲便买了一群鸭子回来给我放养。这群鸭子包括一只雄性西洋鸭（种鸭）和若干只雌性子鸭（又称麻鸭）。雄性西洋鸭和雌性子鸭交配后，雌性子鸭下的蛋可以孵出木鸭。这种木鸭自身不能生育和繁衍后代，但它体型较大、肉质结实，吃起来味香且有嚼劲，是当时农家最喜欢饲养的家禽之一。我一年四季都赶着这群鸭子在乡村稻田（收割后）、小溪、河流里游荡，偶尔也拿一些鸭蛋、鸭仔到圩上去卖（平日里主要是父亲拿去卖），有时候也到村后面的大山上挖柴头（生产队砍下松树后留在土里的树蔸）回来劈开、晒干了卖，以换取些收入。1977 年，我虚岁达到 16 岁后，可以参加生产队的劳动挣工分了，但我大多时间还是放养鸭子，生产队的劳动参加得比较少。与参加生产队的劳动相比，我更喜欢放养鸭子，因为它时间自由、没那么辛苦。1977 年年底，国家恢复了升学考试制度。到了 1978 年夏天，宾阳县初中升高中也恢复了考试制度。当年我的一位老师就动员我父亲让我去报名参加升学考试，我也接受了父亲的安排，去报了名。但我离开学校已经两年了，从报名到考试只剩下一个月的复习时间了，我怎么能考得上？结果就真的没考上！后来，那位老师又动员我父亲，让我去吴村初中插班跟读，第二年再考。于是，我就在 1978 年 9 月再一次走进了吴村初中的校园，开始为期一个学年的插班学习。第一学期，学校把我安排在 13 班（也就是普通班），到了学期末考试，我的成绩已经是全年级（毕业班）第一名。到了第二学期，学校就把我调整到了 12 班（尖子班）。1979 年初中升高中的考试，我以全校（也是当时整个吴村大队）第一名的成绩考入了当时的广西壮族自治区、南宁地区、宾阳县三级重点中学宾阳中学，随即开启了我四年（有一年是补习）高中阶段的学习生涯。我对诗词乃至文学的喜爱就是始于这个时期。记得是在高中二年级的时候，我和几个同学到抗日名关昆仑关去游览，回来后写了一首感慨中国军队英勇抗日的旧体诗，大胆地拿到当时的《宾阳报》去投稿，虽然因水平太低而遭到了退稿，但当时得到了报社编辑黄时沛老师的当面指点，受益匪浅，终生不忘。

从高中阶段到现在，我一共创作了将近 200 首诗词和 40 多副对联，当然，还有少量的小说、散文、杂文、曲艺等。这本书收录了我创作的 160 首诗词、33 副对联、1 篇小说和 1 段相声。因为我的职业是在大学里从事财务管理学的教学和研究工作，创作诗词和对联等只是一种业余爱好，因此，创作的量不多，质也有待提升。其中，诗词方面，从形式上看有旧体诗词，也有现代诗歌；从内容上看有诉说爱情的，有记录事件的，有个人感怀的，有赞美他人的，有忧愁郁闷的，有慷慨激昂的，还有催人奋进的，等等。对联方面则以春联居多，以祝福和励志为主基调。

把自己多年来创作的、从未公开发表过的诗词、对联等作品有选择性地以出版书籍的方式公开发表，是我的一个夙愿。这个夙愿今天得以实现，我要特别感谢北京时代华文书局有限公司的徐敏峰主任和相关工作人员，是他们的辛勤工作才使我的这些作品得以面世；特别感谢中国财政经济出版社的樊清玉老师，是她热情推荐和无私帮助才使我的这些作品找到了一个这么好的“婆家”。同时，我还要特别感谢我这些作品所涉及的每一个真实的人，是他们出现在我的生命里，才让我有了这些作品，他们是我人生中最为精彩的存在。

韦德洪
2024 年 3 月 13 日

目　录

第一部分　旧体诗词（130首）

一、高中阶段：1979.09 ~ 1983.08（16首）

（一）高中毕业和高考落榜时（12首）

（二）高中补习和高考上榜时（4首）

二、大学阶段：1983.09 ~ 1987.07（9首）

三、在广西农学院林学分院工作阶段：1987.07 ~ 1993.03（4首）

四、在广西农业大学农经系工作阶段：1993.03 ~ 1997.04（2 首）

五、在广西大学商学院和工商管理学院工作阶段：1997.04 ~ 至今（99 首）

第二部分　新体诗歌（30 首）

第三部分　楹联（33 副）

第四部分　小说（1篇）

第五部分　相声（1段）

第六部分　附录（5个）

第一部分

旧体诗词

（130首）

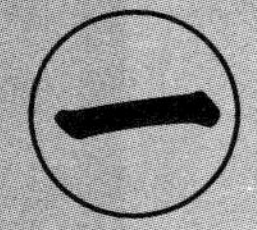

高中阶段：

1979.09 ~ 1983.08（16首）

（一）高中毕业和高考落榜时

（12首）

我高中阶段的学制是三年，1979年9月入学，1982年7月毕业。但由于高考前半年家庭发生重大变故和自身疾病（一种叫疥疮的皮肤病）的叠加影响，一向学习成绩不错的我居然高考落榜了。1982年7月至8月，我一方面沉浸在毕业离别的伤感之中，另一方面又被高考失败打击得痛苦不堪。我在这期间所创作的12首诗词正是我这种心情和精神状态的写照。但这期间是我学习创作诗词的起始阶段，手里拿着一本《唐诗三百首》（长春古籍书店复制，吉林省新华书店发行，1982年3月印刷）和一本《唐宋词选注》（北京出版社，1982年4月第1版），窝在一间泥瓦房里，一边研读诗词，一边模仿着用诗词来抒发自己心中的离愁别绪和高考落榜的苦闷。所以，这个时期所写的诗词一是模仿的痕迹比较明显，二是诗词格律多有欠缺，三是诗词意境不够深远。总之，这个时期的诗词比较幼稚，却是我当时心境的真实表达。

001 别友人

（1982.07）

此别依依情绵绵，
推杯换盏语无边。
但待豪情奔放日，
逢君痛饮笑外天。

创作背景

高中三年，我一直担任我所在班级 155 班的团支部书记，与我们这一个年级的 152 班、153 班、154 班、156 班、157 班的其他五位团支部书记交往较多，彼此之间建立了深厚的同学之情、挚友之情。这首诗就是表达与他们毕业离别时的一种心情。

诗之意涵

这个时候离别，十分的依依不舍，同学之情、挚友之情延绵不断地缠绕在我的心头，我们聚在一起推杯换盏，离别和祝福的话语怎么说也说不完。等到我们豪情奔放、心中理想得以实现的那一天，我们再聚在一起痛饮，让欢快的笑声响彻九霄云外。

诗之注释

“依依”一词有三个意思：第一是依恋不舍的样子，如“依依惜别”；第二是形容树枝轻柔随风摇动的样子，如“杨柳依依”；第三是依稀，如“依依灯火光，去去门巷曲”。我这首诗取的是第一种意思。先秦《诗经·小雅·采薇》中的名句“昔我往矣，杨柳依依。今我来思，雨雪霏霏”取的则是第二种意思。《采薇》中的这两句诗把一个出门在外的旅人的心情表达得淋漓尽致：出门时是春天，杨树柳树依依飘扬，而回来时已经是雨雪交加的冬天。在一年当中，他经历了什么已经尽在不言中了。

“绵绵”，意思是连续不断、延绵不断的样子。如“透过车窗，可以看见远处绵绵起伏的山岭”。唐代白居易的《长恨歌》诗中有“天长地久有时尽，此恨绵绵无绝期”的著名诗句。

“痛饮”是痛快淋漓地饮酒，是豪情满怀或者豪气干云时的喝酒方式。

002　同舍生毕业赠言

（1982.07）

三载同窗休戚关，
一朝离别步艰难。
心有千言吐不尽，
便赍诗情识谊芳。

创作背景

我高中三年都住在学校白楼三层靠近西北面的大宿舍里。当时学校有两栋著名的学生宿舍楼分别叫红楼（外墙是红色的）和白楼（外墙是白色的），我就住在白楼三层这间大宿舍北面窗棂边上的那张架床的上铺。我们这间宿舍的床都是上下铺结构，住了 20 多个同学。同学里面有王典彪（后更名为王珂）、王善嵩、黎东升、韦祖有等。其中，王典彪住在我旁边的上铺，每到冬天，我们俩就把两张薄被叠在一起，两个人睡在一张床上相互抱团取暖。可以说，20 多位同学在一间宿舍里一住就是三年，如今毕业离别了，要各回各家了，心中产生一种浓浓的惜别之情是很正常的。这首诗就是在这样的情境里写作的。

诗之意涵

大家同窗三年，休戚与共，结下了深厚的同窗之谊，如今要毕业离别了，离去的脚步却很难迈得出去。心中有千言万语无法吐露得酣畅淋漓，干脆送给大家一份诗情，以作为我们友谊芬芳的标志。

诗之注释

“赍”，读 jī，意为“把东西送给别人”等。

“识”，这里读 zhì，意为“标志、记号”等。

“谊芳”，指友谊的芬芳。

003 忧

（1982.07）

三年共寒窗，
今别泪双行。
红豆初破土，
唯恐遭夜霜。

创作背景

我读高中的那个年代，男女同学之间很少有互动、交流，大多数男同学直到毕业都没有和女同学说过一句话，同样的，大多数女同学直到毕业也都没有和男同学说过一句话。我作为班里的团支部书记，因工作需要才和女同学有相对较多的接触。但那时我们的思想都很守旧，加上大环境使然，男女同学之间即使互相有好感，甚至有那种朦朦胧胧的特殊好感，也不敢表达，都是闷在心里，任由时间把它慢慢地抹去。

诗之意涵

三年的寒窗共读，如今离别之际，忍不住流下两行热泪。思念的种子才刚刚破土而出，真担心它遭到夜晚霜水的袭击而蔫死在萌芽状态之中。

诗之注释

“红豆”，又名相思豆。相传汉代闽越国有一男子被强征戍边，其妻终日望归。后同去者归，唯其夫未返，妻念更切，终日立于村前道口树下，朝盼暮望，哭断柔肠，泣血而死。树上忽结荚果，其籽半红半黑，晶莹鲜艳，人们视为贞妻挚妇的血泪凝成，故称为“红豆”。

跟红豆相关的诗词主要有唐代王维的《红豆》：“红豆生南国，春来发几枝。愿君多采撷，此物最相思。”唐代温庭筠的《新添声杨柳枝词二首》：“井底点灯深烛伊，共郎长行莫围棋。玲珑骰子安红豆，入骨相思知不知？”

004 何日再相逢

（1982.07）

三年度峥嵘，
笔下墨未浓。
今别心易苦，
何日再相逢。

创作背景

这首诗是向着全班同学写的。我们这一届的同学共有6个班，分别为152班、153班、154班、155班、156班和157班。分文理科之前，我所在的155班人数应该是57人左右。分文理科之后，157班为文科班，其余5个班是理科班。各班选文科的同学都集中到了157班，原157班选理科的同学则分到了其余5个班级。155班大约有8个同学选择了文科，而原157班选理科的同学有6人分到了155班，加上有2个上一届插班跟读的同学，这样，分文理科之后，155班的人数仍然是57人左右。大家在一起学习、生活了三年时间，现在毕业散伙了，伤感是在所难免的。故写了这首诗来宣泄离别的痛苦。

诗之意涵

大家一起度过了三年的峥嵘岁月，但所学到的知识还很少。现在分别了，我内心时常感到很痛苦，不知道什么时候才能够与大家再相逢呢?

诗之注释

“峥嵘”一词，主要有五种词义：一是形容山的高峻突兀或建筑物的高大耸立；二是指高峻的山峰；三是形容高爽空旷；四是形容魁梧；五是指不平凡、不寻常。我在这首诗里是取第五种词义，意指峥嵘岁月。峥嵘岁月，就是指不平凡、不寻常的岁月。毛泽东的《沁园春·长沙》中“携来百侣曾游。忆往昔峥嵘岁月稠。”这里的“峥嵘岁月”应该也是指不平凡、不寻常的岁月。其实，我在这首诗中写“三年度峥嵘”，灵感就来自毛泽东的这首词作。

“笔下墨未浓”，比喻所学到的知识还很少。

005 夏　夜

（1982.07）

人愁夏气热，
夜静碧天空。
虫鸣入侧耳，
君语志心中。

创作背景

我高中时代，学校的团委书记张老师与我们这几个团支部书记是亦师亦友的关系。张老师个子不高，大概 1.6 米，但两眼如炬、炯炯有神，他说话办事都很干练，深得我们几个团支部书记的拥戴和信任。在毕业季里的某一个晚上，他与我们几人在学校篮球场上席地而坐，促膝谈心，好像还喝着酒。他与我们分享他的人生阅历，嘱咐我们今后如何面对人生的各种挑战。我们也都畅谈了各自的人生理想，憧憬着我们各自的未来世界。那是一个闷热的、晴朗的夜晚，我们谈了很久、很多，直到过了半夜才余兴未了地散去。

诗之意涵

人怀有离别的哀愁，夏天的空气无比闷热，寂静的夜晚里皎洁的月光把高高的天空粉饰得碧蓝碧蓝的。四周各种虫子的鸣叫声绵绵不绝地传进两侧的耳朵里，亦师亦友的张老师对我们所说的那些勉励、祝福的话语，我们一定会永远地记在心上。

诗之注释

“志”，读 zhì，有志向、志愿、志气、意志、称轻重、量长短（多少）、记、文字记录、记号等多种字义。这首诗里的“志”取“记”这种字义。

006　卜算子·金蝉枝上鸣

（1982.07）

金蝉枝上鸣，声声撕心裂。
三年共苦求知识，如今伤离别。
此去经年路，已知世事艰。
莫愁前路重逢难，志如愿时见。

创作背景

高中毕业回家等待高考分数公布的那段日子里，我没有参加生产队的劳动，除了做一些必要的家务，其余大部分时间都是待在房间里看小说和研读唐宋诗词。这种“漫长”（等待的日子在心理上总是觉得很漫长）而孤独的日子越发容易引起人的离愁别绪，加上受到一些唐宋诗词的感染，我忍不住模仿唐宋时期的文人墨客，用诗词的形式把自己的情感宣泄出来、记录下来。

词之意涵

金蝉在树枝上鸣叫，每一声听起来都撕心裂肺的。三年一起同甘共苦地在学校读书，如今毕业离别了，内心十分伤感。从现在看以后多年的人生之路，已经知道世事的艰难。不要担心以后难得重逢，等到我们的志向实现的时候再相见。

词之注释

“金蝉”，俗称知了，是蝉科昆虫的代表种。体长40 ~ 50 mm，翅展116 ~ 125 mm。全体黑色，有金属光泽。中胸背板宽大，中央有黄褐色“x”形隆起。前后翅透明，雄性腹部第一、二节有鸣器，雌性无鸣器。金蝉具有很高的营养价值和药用价值，特别是金蝉的皮（蝉蜕）是一种中药。金蝉脱壳的成语也来自它。每到夏天，雄性金蝉就会在树枝上鸣叫，叫声悠长，让人听了感到烦躁不安。

“经年”指一年或若干年，我在这首词里取“若干年”的意思。宋代柳永在他的《雨霖铃·寒蝉凄切》词中写道：“此去经年，应是良辰好景虚设。便纵有千种风情，更与何人说？”这里的“经年”有人解释为“年复一年”，我觉得也可以解释为“若干年”。我写这首词时用了“经年”一词，就是受了柳永《雨霖铃》的启发。

007 钗头凤·纤白指

（1982.07）

纤白指，粉红脂，三年苦读无休止。
光阴逝，年华驰。眨眼学毕，相别语咽。泣！泣！泣！
名不易，人情异，千古知音最难觅。
别时怅，重逢难。肝胆相照，报国有志。记！记！记！

创作背景

在等待高考分数公布的日子里，我在研读唐宋诗词的过程中读到了宋代陆游的《钗头凤·红酥手》词，整首词为“红酥手，黄縢酒，满城春色宫墙柳。东风恶，欢情薄。一怀愁绪，几年离索。错、错、错。春如旧，人空瘦，泪痕红浥鲛绡透。桃花落，闲池阁。山盟虽在，锦书难托。莫、莫、莫！”。读完这首词，第一感觉是情感基调很凄婉、哀怨，第二感觉是词牌节奏很明快，简直一气呵成。不经意间，我就喜欢上了这个词牌，故而模仿着写一首《钗头凤》，但在结尾两句一改凄婉、哀怨的基调，使整个词风变得积极向上了。

词之意涵

一群少男少女在一起刻苦读书，三年来从未懈怠。随着光阴的流逝和年华的飞驰，转眼之间就毕业了，相别的时候说话哽咽，忍不住哭泣起来。人的名字一般是不会更改的，但人的思想感情却是会变化的，因而千古知音最难找到。离别的时候感到惆怅，将来想要重逢也很困难。希望我们肝胆相照，立志报国，一定要记住啊。

词之注释

“纤白指”，是纤细、白净的手指，在这首词中用它来代指男同学，即一群少男；“粉红脂”，是粉嫩、红润的肌肤，在这首词中用它来代指女同学，即一群少女。

008　菩萨蛮·独倚窗棂恋白楼

（1982.07）

独倚窗棂恋白楼，忆起旧岁梅雨愁。
初阳照斜眼，凄别苦泪连。
见难别更难，揪心数寒蝉。
群恶冷目睹，冰心在玉壶。

创作背景

我读高中时，学校有很多耕地，既有水田，也有旱地。学校把田地分到班级，由班主任带领学生负责利用课余时间耕种。水田主要是种水稻，离校园较远；旱地主要是种蔬菜，就在校园内。不管是稻谷还是蔬菜，种出来后都要优先卖给学校饭堂，如果学校饭堂收不了那么多，班级就可以拿到集市上去卖。我上高中之前是参加过生产队劳动的（班里有我这种经历的同学大概还有 2 ~ 3 人），加上我又是班里的团支部书记，因此，在种稻谷、蔬菜的事情上很卖力，深得班主任喜欢。在班主任的躬亲以及我们几个班干部的带领下，我们 155 班同学劳动很积极，种出的蔬菜也最多、最好。我还曾经和班里的几个女同学拿学校饭堂收不完的蔬菜到芦圩镇的集市上去卖过。也正是因为我和几个班干部很积极，使全班同学都跟着我们几个人一起受苦受累，因此，我就怀疑有少数同学对我有意见，背地里说了我一些“坏话”。我为此很是委屈难受，所以才写出了“群恶冷目睹，冰心在玉壶”这样的词句。但这也许是我的疑心病使然。

词之意涵

一个人独自倚靠在宿舍的窗棂上留恋着这栋已经住了三年的白楼，回忆起过去三年的岁月，心中有太多的哀愁。早晨初升的太阳斜着照在我的脸上，照见我一串串凄苦的泪珠。将来相见很不容易，现在离别更是令人难过。尽管那些不理解我的同学在冷眼看着我，但我的心永远都是纯洁的、善良的。

词之注释

这首词化用了唐代李商隐《无题》诗中的“相见时难别亦难，东风无力百花残”和唐代王昌龄《芙蓉楼送辛渐》诗中的“洛阳亲友如相问，一片冰心在玉壶”的诗句。

009 如梦令·各在东西南北

（1982.07）

各在东西南北，豪气又能颓？
蒙蒙夜色重，塘水寂寂柳垂。
独背，独背。念故人几时回。

创作背景

我的村庄坐落在一座大山的脚下，坐南朝北，前面是县城及其周边的大平原，后面是连绵不断的崇山峻岭。村前有两方属于全村人共有的鱼塘，一方大大的呈不规则圆形的塘，村里人叫它“大塘”，外村人则叫它“联塘”；另一方呈月牙形的塘，村里人叫它“长塘”。这两方塘的水源有两处，一是塘底下面的泉水，二是村旁小河流引过来的山泉水。“大塘”面积很宽，水也很深，每到夏天，很多大人和小孩（女的除外）都到塘里游泳、消夏或戏耍。不知从哪一年开始，这两方鱼塘采取生产队轮流养殖的办法，每个生产队养殖一年，每年定在农历十月初一放塘，所捕捞上来的养殖鱼由该生产队销售作为集体收入，其余非养殖的那些野生的小鱼小虾、石螺蚌贝则任由村民捕捞，谁捕捞的就是谁的。我小的时候全村人最兴奋的事情之一就是农历十月初一放“大塘”，几乎全村人都参加到捕捞小鱼小虾、石螺蚌贝的活动中。我这首词描述的就是某天晚上我在“大塘”边想念那几个与我关系很好的团支部书记时的情景。

词之意涵

虽然毕业后大家各在东西南北了，但我们当初的那种豪气干云的精神状态又岂能颓废？蒙蒙的夜色已经越发浓重（亦即夜已经很深了），塘水也变得寂静无声了，只有几根柳条垂落到水面上。我一个人倚靠在柳树的树干上想念着故人，念叨着什么时候才能再见到故人。

词之注释

“独背”里面的“背”字被我赋予两种意思，一是倚靠，二是背诵、念叨（引申为想念）。连用两个“独背”更加渲染了孤独、思念的情绪。

010　长相思·恨悠悠

（1982.07）

恨悠悠，怨悠悠，佳年消逝志未酬，苦闷在心头。
千般愁，万般愁，不尽长江滚滚流，语出无人留。

创作背景

创作这首词的时候高考分数以及分数线已经公布了，我现在记不得当年究竟考了多少分，只知道我的分数连中专的分数线都够不上，毫无疑问，我落选了。作为一个农家子弟，在当时那个年代，只有通过高考考上大学或中专，才能离开农村，吃上“国家饭”或者叫作“公家饭”。那时的我，心心念念的就是考上大学或中专，跳出农村，没承想却名落孙山，那种痛苦可想而知了。处在这种痛苦状态下的我，写下了这首词。

词之意涵

连绵不尽的恨啊、怨啊，高中时代美好的年华都已经逝去了，自己的志向却没有能够实现，沉重的苦闷积压在我的心头。千般的愁啊、万般的愁啊，就像滚滚的长江水一样怎么流也流不尽。这种苦闷、这种愁痛没有人可以让我与之诉说。

词之注释

“不尽长江滚滚流”一句取自宋代辛弃疾的《南乡子·登京口北固亭有怀》词，其全词为“何处望神州？满眼风光北固楼。千古兴亡多少事？悠悠。不尽长江滚滚流。年少万兜鍪，坐断东南战未休。天下英雄谁敌手？曹刘。生子当如孙仲谋。”此外，唐代杜甫也有诗句“无边落木萧萧下，不尽长江滚滚来”，其全诗为“风急天高猿啸哀，渚清沙白鸟飞回。无边落木萧萧下，不尽长江滚滚来。万里悲秋常作客，百年多病独登台。艰难苦恨繁霜鬓，潦倒新停浊酒杯”。

011　相见欢·南面山上古庙

（1982.07）

南面山上古庙，隐春笑。
南神足下叩头，心已了。
卷诗书，折被袍，喜眉梢。
山鸟惊啼复苏却杳渺。

创作背景

我所在的村庄东南面的后山上有一座小小的寺庙，我们当地人都叫它“南山寺”。寺的四周都是原始植被，一年四季都有野生花果（如牛奶果、稔子果、金樱子果等）和野生中药材（如金银花、地丁草、五加皮等），村里的大人小孩经常去那里采摘野果和采挖草药，我读高中之前也经常去。在我印象中，我只在十岁多一点的时候去游玩时进过那座小寺庙一次，好像寺里只有一个老“和尚”（是否是真的和尚，那时因年龄和阅历的原因无法确定，故加上引号）。但据大人们说，那座小寺庙还是蛮灵的，方圆十里也有不少人前去祭拜。我没有去祭拜过，我写这首词时，在心里想着去求神拜佛有什么用呢？到头来还不是南柯一梦！这首词其实是有一种讽刺意味的。

词之意涵

在南面山上的那座古寺庙里，收起了青春的笑容，庄严肃穆地跪拜了那里的神佛，虔诚地祈求神佛保佑我能够金榜题名，这份心意我已经尽到了。赶紧回家收拾好书籍、被子和衣服，眉开眼笑地准备去大学报到吧。突然之间山林里的鸟大声惊叫了几声，把自己惊醒了，一看，空的，什么都没有，原来是做了一场梦！

词之注释

“隐春笑”，是指收敛起青春的笑容。

“心已了”，是指心意已经尽到了。

“杳渺”，原指悠远、渺茫的样子或幽深晦秘之境，这里引申为空的、什么都没有。

012　菩萨蛮·无言发尽千般恨

（1982.07）

无言发尽千般恨，独在泥屋白发生。
往事堪回首，破帽遮颜羞。
雾蒙蒙路茫，雨霪霪道脏。
欲迈难起步，低泣无人顾。

创作背景

高考的名落孙山让我一方面觉得异常痛苦，另一方面无颜面对家人和邻居。想当年，我以 375 分的考分、整个吴村大队第一名的成绩考入重点中学宾阳中学，那时，家人为我骄傲，邻居也对我多有夸奖。而如今高中毕业了，连个中专都考不上，怎能不叫我羞愧难当！那段时间里，我很少出门，大多时候是待在自己的那间泥瓦房里，研读唐宋诗词，并模仿着创作诗词来诉说自己心中的愁苦、郁闷和对未来人生道路的迷茫、困惑。

词之意涵

没有言语能够诉说得完我此时的千般愁、万般恨，一个人独自在泥瓦房里发愁，都愁白了少年头。往事简直不堪回首，出个门都要拿个破帽子来盖住头脸，生怕被人看见了嘲笑自己考不上大学。前面的道路雾蒙蒙、雨霪霪的，令人感到肮脏迷茫，想要朝前走都不知道该如何迈步，就算自己低声哭泣了也没有人前来宽解和安慰。

词之注释

这首词里的“破帽遮颜羞”是化用现代鲁迅的《自嘲》诗里面的诗句“破帽遮颜过闹市”。鲁迅《自嘲》诗全诗为：“运交华盖欲何求，未敢翻身已碰头。破帽遮颜过闹市，漏船载酒泛中流。横眉冷对千夫指，俯首甘为孺子牛。躲进小楼成一统，管他冬夏与春秋。”

（二）高中补习和高考上榜时

（4首）

我高中毕业那年，可能是因为政策的原因，宾阳中学没有举办补习班，我和其他一些落榜的同学只好到宾阳高中补习。宾阳高中和宾阳中学是两所不同的高中，前者是成立于1980年的县级重点高中，后者则是创立于1909年的广西壮族自治区老牌重点中学。当时在宾阳县范围内办补习班的，就数宾阳高中最为理想，我那一届名落孙山的同学大多选择到这所学校补习。在父亲的支持下，1982年9月，我走进了宾阳高中理1班，开始了补习生涯。但我们补习的校区并不在宾阳高中的本部，而是在当时的新宾镇上一个叫“旧国中”的校区里。之所以叫“旧国中”，是因为那里曾经是国民党统治大陆时期的国立宾阳中学的旧址。

在“旧国中”理1班补习的一个学年里，我可以说是废寝忘食、刻苦勤奋的了。那时除了吃饭睡觉，其余的时间就是在看书学习，基本上没有参加什么体育运动，更没有闲情逸致去研读唐宋诗词，所以，那一个学年里只写了一首诗。到了1983年7月末8月初，高考放榜了，我考得437分，远远超出了当年的大学本科分数线。为了记录和庆祝这一年高考的成绩，我才又写了3首诗词。

013 春　耕

（1983.03）

雨歇晨野新，
昆虫埂下鸣。
肩犁出农舍，
吆喝一声声。

创作背景

1983年3月，我的家乡正是春耕忙碌的时候。那时，农村已经实行了家庭联产承包责任制，家家户户都在忙着春耕春种。学校和机关企事业单位实行的是六天学习或工作制度。有一个周末（周六）我回家里住，不住在学校。第二天（周日）早晨到田野里呼吸新鲜空气，看到眼前一派诗意的景象，即刻吟下了这首诗。

诗之意涵

清晨雨后田野里的空气好清新啊，各种昆虫躲在田埂下鸣叫。叔伯们一个个都扛着犁、牵着牛走出了农舍、走进了田野里，那一声声的吆喝是多么的清脆响亮。

这首诗的画面感和动感都比较强烈。雨后、清晨、田野、昆虫、埂下、肩犁、农舍，这些元素组成了一幅美丽的乡村画卷，增强了诗的画面感；昆虫鸣叫声，犁田、耙田时人对牛的吆喝声和牛自身的哞叫声交织在一起，形成了诗意般的动感。整首诗虽然很简短，却描绘出了诗意般浪漫的春耕影像。

诗之注释

"晨野"，指早晨的田野。

"肩犁"，指用肩膀扛着犁。

"埂"，指田埂，即田地里稍稍高起的分界线。

014 浣溪沙·数载寒窗为求知

（1983.08）

数载寒窗为求知，光阴似箭日月移，苦苦凄凄不足提。
谁道我能有今日，一举成名天下知，回谢先生做我师。

创作背景

那年 8 月，高考分数已经公布，我考得 437 分，远远高于当年本科的录取分数线，读个本科院校应该不成问题了。虽然还不知道究竟能够上哪所学校，但心想不管哪所学校，能读上就好。那个年代，考上个中专都已经很了不起了，何况本科！所以，心情还是很激动的，也是很感慨的！激动和感慨之余，不忘老师的培养，故而写下这首词。

词之意涵

多年的寒窗苦读是为了探求知识、追求真理，光阴似箭、斗转星移、日月变换，那种苦痛、凄凉的日子和境遇都不愿意再去提起（不提也罢）。谁能想到我能有今日？高考分数一公布，村里的人都知道我的分数远远超过了本科录取分数线。我在激动和感慨之余，真诚地感谢老师对我的培养。

词之注释

元代高明所写的戏曲《琵琶记》中有这样几句诗："不是一番寒彻骨，怎得梅花扑鼻香。十年窗下无人问，一举成名天下知。我本将心向明月，奈何明月照沟渠。"其含义是："不经过彻骨寒冷，哪有梅花的扑鼻芳香。十年的寒窗苦读无人问津，科举考试中举名扬天下。自己的真心付出没有得到应有的回报和尊重。”说明在科举考试的制度下，历朝历代都有学子发出“十年窗下无人问，一举成名天下知”的感慨。

我在词中写“谁道我能有今日，一举成名天下知”是有点夸张了，但那个年代的农村，高考考得这么高的分数，在村里甚至整个大队里被人津津乐道，那是一点都不夸张的。

015 登科感

（1983.08）

十载寒窗几欲癫，
一朝高中夜无眠。
回眸去岁黄连苦，
展望来年蜂蜜甜。
祖父耕耘田垄上，
孙儿碾墨砚台边。
风光武岭诚如画，
景色韦家更优妍。

创作背景

写这首诗的时候我应该还没有拿到大学的录取通知书。在等待录取通知书的日子里，我依旧是以看小说、读诗词为主。这时恰巧读到唐代诗人孟郊的《登科后》，颇有同感。孟郊曾经两次落第，四十六岁那年终于进士及第，他心花怒放，从苦海到天堂竟是一步之遥，不由挥笔写道："昔日龌龊不足夸，今朝放荡思无涯。春风得意马蹄疾，一日看尽长安花。"把自己的喜悦心情表现得淋漓尽致，千古回荡。受到孟郊的这首《登科后》的感染和启发，我写下了这首《登科感》。

诗之意涵

十年的寒窗苦读几乎到了癫狂的程度，一旦考上了大学，兴奋得晚上都无法入眠。回看过去的岁月像黄连一样的苦，展望未来的日子如蜂蜜一般的甜。我家祖祖辈辈都是种田人家，如今终于出了一个读书人。武岭村的风光真像画的一样秀美，而韦家的景色更是美好而出众。

诗之注释

“高中”，指考中（zhòng）了更高级别的学校，这里指考上了大学。

“祖父”，指祖辈和父辈；“孙儿”，指孙辈和儿辈。

“优妍”，指美好而出众。

016　相见欢·南山青松苍翠

（1983.08）

南山青松苍翠，群英会。
西湖水光旖旎，眷属偎。
浊酒淡，佳肴欠，敬意非。
拜请诸君畅饮醉方回。

创作背景

1977年国家恢复高考制度之后，各级各类学校也都相继恢复了升学考试制度。那时参加高考，只要考上中专及其以上级别的学校，毕业后就可以成为国家干部，由国家安排工作。因此，一般的人家只要孩子考上中专及其以上级别的学校，都会在孩子入学报到的前夕宴请亲朋好友，以示庆贺。我父亲本来也想大办宴席的，但因为看到我是被广西农学院录取，就很不高兴，甚至大发脾气，就说不办了。后来因为磨不开面子，就勉强办了一个小型的升学宴会，请了家族中的老人和几位亲戚，我也请来了几位比较要好，也在这一年考上中专或大学的同学。这首词就是在升学宴会那天写的。

词之意涵

南面的山上青松苍翠，一群青年英才汇集在我的家里畅谈人生。西边的湖里水光旖旎，一帮亲属和家族长辈欢聚在我的家里畅聊家常。浊酒很淡，佳肴也没有，都是普通的家常饭菜，不成敬意。拜请大家开怀畅饮，不醉不归。

这首词描绘了一幅美好、温馨的画面。

词之注释

“南山”，指我家南面的大山（前面已有交代），那里漫山遍野都是松树，青翠欲滴。

“西湖”，指我家西面的“大塘”（前面也已有交代），那里水面宽阔、碧波荡漾。

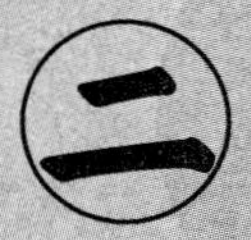

大学阶段：

1983.09 ~ 1987.07（9首）

我参加1983年的高考，考得437分。当年的本科录取分数线是多少我已经记不得了，但我记得，有些才考400分甚至390多分的同学都被广西区外的大学录取了。我印象中，有一个同学考分比我低很多，结果他被北京钢铁学院（现北京科技大学）录取了。高考填志愿时，我的第一志愿是陕西财经学院（2000年并入西安交通大学），第二志愿是华南热带作物学院（后更名为华南热带农业大学，2007年并入海南大学），第三志愿是广西农学院（后更名为广西农业大学，1997年并入广西大学），是否还有第四、第五志愿，现在已经记不得了。当初这样填报志愿，完全没有人提供专业指导，全凭自己瞎想。之所以把陕西财经学院填为第一志愿，是因为对“财经”二字比较感兴趣，觉得应该跟钱财有关（农村人，穷怕了）。之所以分别把华南热带作物学院、广西农学院列为第二、第三志愿，是为了保底。1982年高考在我心里留下了很大的一片阴影，1983年考得这个分数，一定要确保被录取，所以就填了两所农科类大学。

等待录取通知书的日子是一种备受煎熬的日子，眼看着那些分数比我高的甚至比我低的同学都纷纷拿到了大学录取通知书，而我的却还遥遥无期，心里真是焦急。终于有一天，我拿到了广西农学院的录取通知书，虽然不是第一、第二志愿的学校，但总算被录取了，心里还是很高兴的。然而，当父亲知道我考取的是广西农学院时，竟然大发雷霆，说，考大学就是为了跳出农村，你却考了个农学院，将来还不是回来种田！其实，父亲很希望我考上医学院，说学医至少可以传三代，不怕将来儿孙找不到饭吃。我理解父亲的观点，但我不喜欢学医，所以填报志愿时没有填报医学院校。父亲是一个暴脾气的人，我不按他的意愿报考医学院，他就很生气，一气之下居然把我的书籍和其他学习用品丢到了屋外。但生气归生气，在我去广西农学院报到的前夕，父亲还是给我举办了一个小型的升学宴会。后来我想，我分数不低，之所以没有被第一、第二志愿录取，可能是因为我年龄较大的缘故，1983 年，我已经 21 周岁了！还好，最后是广西农学院录取了我，我非常感谢广西农学院，感谢决定录取我的老师！

从宾阳到南宁，进入广西农学院的校园之后，我的四年大学生活开始了。我所在的系一开始是农机系，所学专业是农业经济管理专业，所在的班级叫农经 83 级。1983 年 10 月，农业经济系获得批准成立，1984 年 9 月学校召开农业经济系成立大会，从此，农业经济管理专业正式从农机系独立出来，我的身份变更为广西农学院农业经济系农业经济管理专业 83 级学生。农经 83 级就一个班，共 32 人，其中男 25 人、女 7 人，班主任是王克军老师，四任班长依次为张彬、居青、连滨、文军，三任团支部书记依次为张永成、佘伯明、梁富林。

在广西农学院读书期间，我自认为是勤奋的、刻苦的、上进的。在课程学习方面，我没有过不及格、被补考的课程，四年的各门课程平均分的班级排名应该在前五名之内。在业余爱好方面，我喜欢文学、喜欢音乐，入学的第一个学期就在班里组织成立了“文学小组”，与几位有共同爱好的同学定期或不定期地研读一些文学作品，交流心得体会；入学的第三学期还用第一学年三好学生的奖学金买了一把金雀牌小提琴，认认真真地自学起来。在学生工作方面，第一学年担任班级体育委员，第二学年转为担任农经系团总支的宣传委员，与其他热爱宣传工作的师兄和同学一起办了一个宣传刊物叫《布谷鸟》，采用刻蜡纸油印的方式在农经系内部发行。大约是在第四学期的时候，我进入了学校团委担任宣传委员，兼任学校大学生记者团副团长，与学校团委的其他学生干部一起办起了学生饭堂里的黑板报《田野》。该黑板报归学校团委直接管理，是学校团委的一个重要宣传窗口。在思想政治方面，我听老师的话、听领导的话、听组织的话，认认真真学习，勤勤恳恳做事，踏踏实实做人，积极向党组织靠拢，在 1985 年 6 月的时候光荣地加入了中国共产党，成为班级里的第三位中共党员。

在广西农学院读书的四年时间里，我加入了中国共产党，收获了本科毕业证和学士学位证（两证合一），写过诗歌、小说、散文、新闻报道和其他体裁的文章，在系里举办的文艺晚会上表演过二重唱和小提琴合奏，还在学校举办的毕业晚会上表演过小提琴独奏，当然还有了一场刻骨铭心的初恋。总之，四年的大学生活我经历了很多，付出了很多，也收获了很多，它奠定了我一生的基石。

017 雨日寄思

（1984.05）

楼外小马路，
旁栽相思树。
路上飞雨花，
相思何人家。

创作背景

我读大学的时候，学校有一栋教学楼被称为6教，亦即第6教学楼的简称。6教其实是一条直线上的两栋楼，但因两栋楼之间的距离很短，所以被合称为6教。它只有两层楼，一层的课桌椅是固定的，二层的课桌椅则是活动的。两栋楼均为“凹”字形结构，一字排开，形成“凹凹”这样的排列。楼前是一条校园小道，小道旁边有几株相思树，再往前就是一片宽阔的甘蔗地，地的周边有一些荔枝树；楼后是一条林荫小道。6教是学生自习的主要场所，课余时间我经常到那里的教室看书、做作业或做其他与工作学习有关的事情。有一天下午，我正在二层的教室看书，天空突然下起了大雨。我望着窗外的大雨和小道上溅起的雨花，不由自主地吟起了这首诗。

诗之意涵

楼外小马路的旁边栽种着一排相思树，路上飞溅着密密麻麻的雨花，可让我相思的人在哪里呢？

诗之注释

相思树是台湾相思的俗称，别名为相思仔、台湾柳，属豆科，常绿乔木。荚果成熟时呈深褐色，有光泽，故有“相思豆”或“红豆”之美称。产于中国台湾、福建、广东、广西、云南，菲律宾、印度尼西亚、斐济亦有分布。相传为战国宋康王的舍人韩凭和他的妻子何氏所化生。据晋干宝《搜神记》卷十一记载，宋康王舍人韩凭，妻何氏，貌美，康王夺之并囚凭。凭自杀，何投台而死，遗书愿以尸骨赐凭合葬。王怒弗听，使里人分埋之，两坟相望。不久二冢之端各生大梓木，屈体相就，根交于下，枝错于上。又有鸳鸯雌雄各一，常栖树上交颈悲鸣。宋人哀之，遂号其木曰“相思树”。后人因为这个缘故就以相思树来象征忠贞不渝的爱情。

018 忆秦娥·仲夏里

（1984.06）

仲夏里，金蝉声嘶人愁死。
人愁死，寻春不见，秋更来迟。
昨夜归梦神魂驰，醒来却忍与春辞。
与春辞，何年何月，芳心开启。

创作背景

写这首词的时候我将近22岁，没有恋爱，但又向往恋爱，这首词没有特别的创作背景，只是想抒发正处在青春期的我想恋爱、却又没有人与我恋爱的那种幽怨之情。

词之意涵

仲夏里，金蝉嘶哑的叫声让人发愁得快要死了似的。愁得都快要死了，想要找个人来谈恋爱却不知从何而找，更谈不上有什么爱的收获了。昨天晚上做了一个令人心旷神怡、灵魂出窍的春梦，早上醒来不忍心与这个春梦告别。不忍心告别也要告别了，不知道何年何月哪位姑娘的芳心才向我开启。

词之注释

“仲”字有四种字义：一是指地位居中的，二是指农历一季的第二个月，三是指在兄弟排行里代表第二，四是指姓。“仲夏”，指夏季的第二个月，即阴历五月。1984年阳历6月1日至30日，正是阴历五月初二至六月初二。

“归梦”，指入梦，进入梦乡。

“神魂”，指心神、神志。

“驰”，主要有三种字义：一是指车、马等奔跑，快跑；二是指向往；三是指传播，传扬。这首词取“向往”之意。

019　蝶恋花·碧云湖边观玉兔

（1984.06）

碧云湖边观玉兔，羞羞答答，急隐云中去。
纤云飞星逢何处，传恨依稀鹊桥路。
垂帘曲项频独语，望断清波，仍但无双鲤。
一肚闲愁谁与诉，茫茫人海无觅处。

创作背景

我读大学那会，广西农学院的校园堪比森林公园，绿树成荫，学生宿舍、教学大楼、图书馆、饭堂、教工宿舍等一切建筑物都掩映在绿树丛中。每到夏秋季节，校园里瓜果飘香，芒果、荔枝、龙眼、波罗蜜、水蜜桃等，应有尽有，随处可见。尤其是校园里的碧云湖，宽阔的湖面，清澈的湖水，更是给整个校园增添了万分的灵动气息。白天，碧波荡漾，鱼翔浅底；夜晚，波光粼粼，静谧祥和。湖的四周生长着一圈高大挺拔、枝繁叶茂的乔木、灌木，树下砌有一些水泥凳子、椅子。白天，常有学生坐在湖边的凳子或椅子上看书学习；晚上，常有校外（社会上）一些青年男女坐在湖边的凳子或椅子上谈情说爱。碧云湖是每一位农院学子心中最美的记忆之一。1984 年 6 月的一个晚上，我一个人坐在湖边的凳子上仰望着天空、俯瞰着湖水，写下了这首词。

词之意涵

一个人坐在碧云湖边看着天上的月亮，只见她羞羞答答地快速躲到云里面。在轻盈的云彩中，牛郎织女在哪里相逢呢？原来他们每年只有七夕节这一天才能在银河里的鹊桥上相会一次。垂下眼帘、低下头，一个人在喃喃自语，就算把湖里的清波都望穿了，仍然看不到一对恩爱的锦鲤。一肚子无端无谓的忧愁向谁诉说呢？在茫茫的人海之中竟然没地方找去。

词之注释

“玉兔”，又名月兔，是中国古代神话传说中居住在月球上的一只兔子，在月宫里负责捣药，象征月亮。

“纤云”，指轻盈的云彩；“飞星”，指牛郎星与织女星。宋代秦观著名的《鹊桥仙》词云：“纤云弄巧，飞星传恨，银汉迢迢暗度。金风玉露一相逢，便胜却人间无数。柔情似水，佳期如梦，忍顾鹊桥归路！两情若是久长时，又岂在朝朝暮暮。”

“七夕节”，又称乞巧节、女儿节等，是中国民间的传统节日。2006 年 5 月，经中华人民共和国国务院批准，七夕节被列入第一批国家级非物质文化遗产名录。流行于甘肃省西和县一带的七夕乞巧民俗出现于汉代，经过唐宋时期的发展，明清两代达于兴盛，至今已有千余年历史。西和乞巧民俗活动内容丰富，形式多样，从农历六月三十日（小月为二十九日）晚开始，至七月初七日晚结束，前后历时七天八夜，整个活动分为坐巧、迎巧、祭巧、拜巧、娱巧、卜巧、送巧七个环节。七夕节（乞巧节）与牛郎星和织女星的故事有关。七夕这天夜里，人们遥望银河，老人会指出，在银河西岸，有一大两小三颗星，那就是牛郎星。他挑着担子，正苦苦地眺望河对岸的织女星。传说织女是天帝的孙女，在天宫织云纹锦绣和仙人天衣。后来她偷下凡间，和牛郎相亲相爱，生了两个孩子。天帝知道后大怒，派天神把孙女抓回天庭。老牛让牛郎剥下自己的皮飞上天追寻织女。牛郎用扁担挑着孩子，被隔在天河西边。喜鹊被他们的真挚爱情感动，每年农历七月初七夜便一齐飞向天河，搭起一座鹊桥，好让他们相见。相传织女手很巧，所以，到了这一天，倾慕织女之巧的妇女，要以瓜果祭祀星神（织女星或魁星神），然后齐坐一起，或对月穿针，比赛眼力，或以针浮水，觇人巧拙（注："觇"与"掺"字同音，意为窥视、观测）。2014 年 12 月西和县被原文化部命名为"中国民间文化艺术之乡"。2019 年 11 月，《国家级非物质文化遗产代表性项目保护单位名单》公布，西和县非物质文化遗产保护中心获得七夕节（乞巧节）项目保护单位资格。

"望断清波，仍但无双鲤"这句是化用宋代（亦有说是唐五代，无从考证）佚名词人的"望断清波无双鲤"词句。宋代佚名词人《鱼游春水·秦楼东风里》全词为："秦楼东风里，燕子还来寻旧垒。余寒犹峭，红日薄侵罗绮。嫩草方抽碧玉茵，媚柳轻窣黄金蕊。莺啭上林，鱼游春水。几曲阑干遍倚，又是一番新桃李。佳人应怪归迟，梅妆泪洗。凤箫声绝沉孤雁，望断清波无双鲤。云山万重，寸心千里。"

020 虞美人·芳心艳色既何往

（1984.09）

芳心艳色既何往，萧萧秋意满。
一枕难寄两肠思，自怨人生长恨命长凄。
闲愁乱乱无从诉，强忍断肠苦。
旧日形影须勿寻，悠悠去者即去岂还停。

创作背景

从 1983 年 9 月入学，到 1984 年 9 月创作这首词，时间已整整过去了一年。一年里，通过学习、工作和日常接触交流，我慢慢地喜欢上了一个女同学。在这一年的暑假里，我大胆地给这位已回家乡度假的女同学寄去了一封求爱信。可直到开学，我也没有收到她的回信。更加打击我的是，开学后这位女同学故意回避了我，一见我就故意躲开，再也不像原来那样毫无顾忌地接触交流了。见此情景，我心想：完了，被拒了！从此内心就很压抑、郁闷、痛苦、难受。于是，就写了这首词来发泄。

词之意涵

美女的情怀、艳丽的姿色都去哪里了？萧萧的秋意把我的内心世界塞得满满的。一个枕头难以寄托两个不相爱的人的思念，只好埋怨自己的人生为什么那么多怨恨、命运那么的凄惨。无端无谓的忧愁乱得像一团麻一样不知从何诉说，只能强忍着断肠般的痛苦。过去的那种无拘无束的形影就不要再去寻找了，你所思念的人已经从容自然地离你而去，哪里还会再停留？

词之注释

“芳心”，指美女的情怀；“艳色”，指艳丽的姿色。

“萧萧”，指冷落凄清的样子；“秋意”，指秋天凄清萧瑟的景象和意境。宋代陆游所作的《小阁纳凉》一诗中就有“渺渺塘阴下鸥鹭，萧萧秋意满菰蒲”两句。宋代沈说所作的《西湖独步》一诗中也有“荷荡成茭地，萧萧秋意深”两句。

021 秋风怨

（1984.09）

昨看枝繁叶未凋，
寒霜一夜忽萧条。
秋风不悟花主意，
竟教鲜葩徒然浇。

创作背景

这首诗的创作背景与第 20 首诗词《虞美人·芳心艳色既何往》的创作背景相同。

诗之意涵

昨天看着还枝繁叶茂的，遭遇了一个晚上的寒霜后就萧条了。瑟瑟的秋风都不领会鲜花主人的心意，竟害得他白白地浇灌了这朵鲜艳的花朵。

诗之注释

“鲜葩”，指鲜艳的花朵。古代很多诗人都在其诗作中用了“鲜葩”一词。如：

魏晋时期王彬之的诗作《兰亭诗二首（其二）》：“鲜葩映林薄，游鳞戏清渠。临川欣投钓，得意岂在鱼。”

唐代李德裕的诗作《峡山亭月夜独宿对樱桃花有怀伊川别墅》：“皎月照芳树，鲜葩含素辉。愁人惜春夜，达曙想岩扉。风静阴满砌，露浓香入衣。恨无金谷妓，为我奏思归。”

宋代强至的诗作《海棠》:“西蜀传芳日，东君著意时。鲜葩猩荐血，紫萼蜡融脂。绛阙疑流落，琼栏合护持。无诗任工部，今有省郎知。”

宋代杨亿的诗作《庭榴》:“得种从西域，移根在帝乡。鲜葩猩染血，美味蔗为浆。入献殊诸果，敷荣后众芳。丹房高照日，绿叶半凋霜。酿酒扶南国，题诗白侍郎。浓阴兼茂实，相对度炎凉。”

明代黄仲昭的诗作《谢友人惠锦菊月下白菊二株三首(其二)》:“鲜葩灿灿吐奇芬，截得天机锦绮文。病眼摩挲吟看久，愁怀应减两三分。”

022 无　题

（1984.09）

红颜已去楼台空，
笑语犹存少形容。
怎忍流连花前事，
何堪回首月下踪。
柔情已待成追忆，
怨恨无需盼春风。
早料人生多烦恼，
不如长做六龄童。

创作背景

这首诗的创作背景与第 20 首诗词《虞美人·芳心艳色既何往》的创作背景相同。

诗之意涵

年轻貌美的女子已经离我而去了，一眼望去，整个楼台都是空的，之前的笑声仿佛还在楼台里回荡，但身形容貌已经看不到了。不忍心流连，又怎么可能回首那些鲜花前和月光下的事情和足迹呢？过去那种温柔的感情已经成为等待将来去追忆的东西，现在的怨恨不需要春风来化解。早料到人生有那么多的烦恼，不如永远做一个长不大的六岁孩童。

诗之注释

“红颜”，指貌美的女子，也指年轻的女子。“红颜知己”，也叫红粉知己，指一个与男性在精神上独立、灵魂上平等，并能够达成深刻共鸣的女性朋友。与“红颜知己”对应的是“蓝颜知己”，也叫碳粉知己，指一个与女性在精神上独立、灵魂上平等，并能够达成深刻共鸣的男性朋友。

“花前”“月下”，即鲜花前和月光下，原指幽静的休闲散心环境，后多指男女幽会谈情说爱的地方。

“柔情”，指温柔的感情。“柔情已待成追忆”这一句是化用唐代李商隐的《锦瑟》诗中“此情可待成追忆，只是当时已惘然”这两句。

023 忆秦娥·临窗望

（1985.04）

临窗望，芳草茵茵春已半。
春已半，挽留不住，任其自然。
此情此景莫凭栏，凭栏徒自添悲凉。
添悲凉，拂也不去，更增蕃憾。

创作背景

这首词没有什么特别的创作背景，只是看到这一年的春天已经过去了一半，有点伤感才有感而发罢了。春夏秋冬，四季轮回，这是自然规律。

词之意涵

靠近窗口向外望去，看见那些茂密浓厚的香草就知道春天已经过去了一半。春天过去了一半，你要挽留它也挽留不住，还不如任其自然吧！此情此景不要再去扶着栏杆看那些香草了，它们很快就会枯黄了，你再看它们那也是徒增悲凉情绪而已。悲凉情绪一旦产生，你想消除它也消除不去，反而增加更多的憾事。

词之注释

“芳草”，即香草，也比喻忠贞或贤能的人。宋代苏轼在其词作《蝶恋花·春景》中写道：“花褪残红青杏小，燕子飞时，绿水人家绕。枝上柳绵吹又少，天涯何处无芳草。墙里秋千墙外道，墙外行人，墙里佳人笑。笑渐不闻声渐悄，多情却被无情恼。”

后人把“天涯何处无芳草”这句解读为“世界上哪里找不到忠贞贤能的人”，以此来安慰那些失恋的人。唐代崔颢在其诗《黄鹤楼》中也使用了“芳草”一词：“晴川历历汉阳树，芳草萋萋鹦鹉洲。”

“茵”字主要有两种字义，一是车垫子，二是垫子、褥子、毯子的通称，如绿草如茵。“茵茵”，指青草茂密浓厚。

“蕃”字是一个多音字，在这首词中读“凡”字音。蕃字读“凡”字音时主要有三种字义，一是茂盛，二是繁殖，三是多。我这首词取第三种字义。

024 暮春吟·暮春季节

（1985.04）

暮春季节，空庭寂寞，细雨蒙蒙。
人生能有几回春？不想却也匆匆。
却也匆匆，何须寻踪，幽梦再逢。
还上楼台觅双燕？春去也，俱成空。

创作背景

四月已是暮春季节，感叹青春流逝，佳人未期，故作此词以惜之。

词之意涵

暮春季节，一个人在空落落的庭院中寂寞地看着蒙蒙的细雨发呆、感叹。人生又能有多少个春天呢？不承想它的流逝竟也如此匆匆。匆匆流逝就让它匆匆流逝吧，没必要再去寻找它的踪迹，留待忧愁的梦里再相逢吧。还上楼台去找那双呢喃的燕子吗？春天就要去了，燕子也飞走了，一切都是空的了。

词之注释

“暮春吟”不是一个固有的词牌名，是我为了表达“暮春季节的吟诵”这个寓意而取的一个“词牌”名字，权当自创吧。

“暮春”，指春天的最后一个月。一年之中二、三、四月是春天的月份，五、六、七月是夏天的月份，八、九、十月是秋天的月份，十一、十二和次年一月是冬天的月份。所以，四月属于暮春的时节。

“空庭寂寞”，化用了唐代刘方平《春苑》里的诗句“寂寞空庭春欲晚”。其全诗为：“纱窗日落渐黄昏，金屋无人见泪痕。寂寞空庭春欲晚，梨花满地不开门。”

“却”字有四种字义，一是退、退避，如“退却”；二是拒绝、推辞，如“盛情难却”；三是还、再、又，如“才下眉头，却上心头”；四是表示语气转折，相当于“但”。我这首词取第一种字义。“才下眉头，却上心头”出自宋代李清照的词《一剪梅·红藕香残玉簟秋》，全词为：“红藕香残玉簟秋，轻解罗裳，独上兰舟。云中谁寄锦书来，雁字回时，月满西楼。花自飘零水自流，一种相思，两处闲愁。此情无计可消除，才下眉头，却上心头。”

“幽梦”，一是指忧愁之梦，如唐代杜牧《郡斋独酌》诗：“寻僧解忧梦，乞酒缓愁肠。”二是指隐约的梦境，如清代申涵光《匡庐吟问李饶州志清》诗：“十载匡庐幽梦结，西江血满鄱湖热。”以及宋代张先《木兰花·般涉调》词：“欢情去逐远云空，往事过如幽梦断。”

“楼台”，是高大建筑物的泛称，在方言中也指凉台。唐代杜甫《院中晚晴怀西郭茅舍》诗：“复有楼台衔暮景，不劳钟鼓报新晴。”唐代白居易《宴散》诗：“小宴追凉散，平桥步月回。笙歌归院落，灯火下楼台。”宋代苏轼《春宵》诗：“春宵一刻值千金，花有清香月有阴。歌管楼台声细细，秋千院落夜沉沉。”宋代朱淑真《春晴》诗：“深院雕梁巢燕返，高林乔木谷莺迁。韶光正近清明节，花坞楼台酒旆悬。”可见，古代很多诗人、词人都喜欢把“楼台”一词写入他们的诗词之中。

“燕子”，是雀形目、燕科下七十多种鸟类的统称。人们说的燕子泛指最常见的家燕，它们长有黑白羽毛，鸟喙较短，属于昼行性鸟类。燕子是一种偏群居的鸟类，它们通常会在人类建筑物附近筑巢，燕子彼此间会进行交流，雄燕和雌燕会一起筑巢。燕子的巢穴通常是由泥土、草、毛发、唾液等材料筑成，它们会在高处、能遮风挡雨的地方设置巢穴。燕子是一种非常可爱的鸟类，它们在春季会从南方飞回北方筑巢繁衍，从秋季到冬季则飞回对它们来说更适合生存的南方过冬。所以，到了暮春季节，在南方基本见不到燕子了。这才有了“还上楼台觅双燕？春去也，俱成空”这几句词。

025　大学毕业感怀

（1987.07）

本是天涯各在方，
只为求知聚学堂。
四年寒窗同甘苦，
一朝离别话衷肠。
无言相去目含泪，
有情再来心带欢。
合分分合古今事，
莫叹人生重逢难。

创作背景

广西农学院农经83级的32位同学，经过四年的共同学习，每个人都能在1987年7月的时候顺利毕业奔赴各自的工作单位。那时的我们，毕业后都是由学校或者地方政府负责分配工作的。所以，毕业离校之时，被分配到广西壮族自治区直属单位工作的同学都已经知道了自己的工作单位，而那些被分配到地区行署或者区辖市等待二次分配的同学大都不知道自己将会被分配到什么单位。但不管如何，毕竟在一起朝夕相处了四年，离别的时候大家还是难舍难分的。在与同学们依依惜别之际，我写下了这首格律不太标准的诗。

诗之意涵

大家本来是天涯海角各在一个地方，为了追求知识聚集到一所学校的课堂来了。四年的寒窗苦读，大家同甘共苦，现在一旦离别了都在互诉衷肠。相互挥手告别时都默默无语、眼含热泪，期盼着有情有义的我们在将来的某一天能够快乐地欢聚。相逢、离别，离别、相逢，这是古往今来都会发生的事，不要感叹人生重逢的机会有多难得。

诗之注释

“方”字有多种字义，这首诗中的“方”是指地方。“各在方”就是“各在一个地方”的意思。“合分分合古今事”这句化用了明代罗贯中《三国演义》中的名句：“天下大势，分久必合，合久必分。”

在广西农学院林学分院工作阶段：

1987.07 ~ 1993.03（4 首）

1987 年 7 月，我大学毕业留校工作，被安排到广西农学院林学分院担任“会计原理与林业会计”课程的任课教师。同时得到留校任教的还有另外两位同学，一男一女，他们都留在农经系担任相关课程的任课教师。在一些人看来，毕业后能够留校任教已经是非常好的毕业去向了。但我对这一分配结果并不满意，原因有二：一是分配结果公布后我才得知，广西区直单位有一个杂志社编辑岗位被班里另一位同学得到了（系里分配的），这个岗位是我当时最喜欢的工作岗位，得不到它，我非常遗憾；二是林学分院距离广西农学院本部和南宁市区很远，那个地方很偏僻，周围都是农村和荒郊野岭，交通也十分不方便。得知这个分配结果后，我曾向系里的党总支书记表达过不想去这个单位的意愿。党总支书记跟我说，你先去那里吧，那里需要老师，你到那里后会有用武之地的，那里毕竟也是广西农学院的内部单位，将来你在那里实在是没有用武之地，我们再考虑把你调回系里。听了党总支书记的这番话，我心想，作为一名中共党员，服从组织的安排是不能讲条件的，于是，就愉快地接受这个分配结果，去林学分院报到了。

去报到后，林学分院将我的工作岗位安排在森林工业系（简称“森工系”），主要承担会计类课程的教学任务。生活上，林学分院在“鸳鸯楼”（即单身职工宿舍楼）给我安排了一个双人间，和另外一位同时期报到的老师住在一起。安顿下来后，暑假也开始了。就在暑假将要结束的时候，我接到林学分院人事处的通知，说分院要派我参加广西区直单位讲师团到梧州地区去支教。后来我才知道，广西区直单位讲师团是广西壮族自治区党委、政府推出的一项旨在支持农村地区中学教学水平提高的政策，每年从区直单位新入职的大学毕业生中抽调一些人组成讲师团，分赴广西各地支援当地农村地区中学（含初级中学）的教学。我被抽调到广西区直单位讲师团梧州分团，暑假一结束，就随团出发了。

我们是从南宁坐船前往梧州的。当时南宁到梧州，陆上交通非常不便利，只有水上交通还算是比较顺畅的。但船行得慢，经过将近两天两夜的水上“跋涉”后我们才到达梧州市。稍作休整后，团领导就把我们分配到梧州地区的各个县。我和九个左右的同行被分到了贺县（现贺州市八步区）。我们一行约十人第二天就坐班车沿着大桂山蜿蜒曲折、高耸陡峭的盘山公路到了贺县。贺县教育局又把我和另外的两人（均为男性）分配到了当时的贺县沙田中学（初级中学）。

到沙田中学报到后一看，学校很是简陋，但基本的校舍、运动场还是有的。学校安排我们三个人住在一间砖瓦房里，床是用长条凳铺上木板做成的，蚊帐是用小竹竿撑起来的，工作条件、生活条件都十分艰苦。但那时的我们，大学刚毕业，血气方刚，对工作充满好奇和热情（至少我是这样想的），条件艰苦我们也乐在其中。安顿好后，学校领导就问我们想上什么课。结果，我选择了语文课，另外两位老师一位选了数学课、一位选了英语课。后来，学校领导就安排我们每人上一个班的课，都是初中一年级的。

由于是第一次当老师给学生上课，我感到压力非常大，所以我的投入也非常大。虽说是初中一年级的语文课，但备课起来也不容易。虽吃力，但凭着初生牛犊不怕虎的精神和不服输的勇气，我硬是把这门课给上好了。第一学期末，县里进行统考，我所教的这个班的语文成绩（班级平均分）名列全校各班的前茅。第二学期开学后，学校领导就安排我去教另外一个班级了，这个班级在上学期期末的统考中语文成绩垫底。这个安排足以证明学校领导对我上学期的教学水平和效果是认可的。教第二个班级的过程中，恰逢县教育局举办初中作文比赛，学校领导就要求我重点培养和指导 1 ~ 2 个学生参加比赛。结果，我指导的一个学生（印象中是姓谢）获得了奖励（具体几等奖不记得了），是全校唯一获奖的学生，我也因此获得了县教育局颁发的一张好像是“优秀指导老师”的奖状。这个成绩得到了学校的表扬和奖励。我因此也成为在贺县支教的约十个人中唯一获得县教育局颁发奖状的人。

时光匆匆，一个学年的支教生活结束了，我于 1988 年 7 月回到了林学分院森工系工作。一个暑假过后，系里迎来了 1988 级的新生，领导安排我担任首届经济管理专业（专科，两年制）新生（简称“经管 88 级”）的班主任，从此，我正式开启了大学老师的教职生涯。一年后，领导让我将经管 88 级的班主任交给另外一位老师，转而担任经管 89 级（亦为专科，两年制）的班主任。随着经管专业的开办，我的教学任务主要是来自这个专业，也有来自林业厅举办的干部专修班。在这期间，我一方面承担着教学任务，另一方面做着学生工作，尽自己最大的努力把各项工作做好。1991 年 3 月，分院将我调整到财务科担任副科长，班主任不当了，教学任务照样承担。一开始，我是怀着好奇的心理到财务科工作的，但干了一段时间之后，我发现自己并不喜欢、也不适合这份工作，逐渐产生了离开这个岗位，甚至离开这个单位（林学分院）的想法。于是，我开始跟农经系的老师、领导接触，向他们表达想调回农经系工作的意愿。慢慢地，我的这个意愿得到了相关老师和领导的接受，他们让我启动调动程序。但这个调动程序一启动就被卡住了，林学分院的领导不同意我调离。直到 1992 年年底，我的调离申请才得到领导的批准。办好各种手续后，我于 1993 年 3 月到广西农业大学人事处报到，正式调入农经系工作。

从 1987 年 7 月入职，到 1993 年 3 月调离，我在林学分院待了将近 6 年时间，做过两个班的班主任，主讲过“会计学原理与林业会计”“会计学原理”“工业会计学”“统计学原理”“财政与金融”等课程，与很多老师结下了深厚的友谊。在林学分院工作的将近 6 年时间里，我完成了从大学生到大学老师的华丽转变，实现了对会计知识从一知半解到可以自信从容地驾驭会计课堂的重大跨越，增长了较为扎实的会计、统计、财政、金融等领域的理论知识，积累了较为丰富的教学经验和人生阅历，当然，也留下了不少的遗憾。我怀念这段时光，它是我大学毕业参加工作的第一段时光。人生的每一个“第一次”，都是弥足珍贵的。

026　菩萨蛮·孤蝉声声人欲睡

（1990.09）

孤蝉声声人欲睡，萧风瑟瑟心将碎。
自古厌清秋，冷落不胜愁。
离乡甘为客，拟伴青云侧。
叵耐弄险生，忌讳如许深。

创作背景

在1988年9月至1990年9月这两年时间里，我除了教学和担任经管88级、经管89级的班主任之外，还协助森工系的专职辅导员做好学生的文艺工作。每逢林学分院开展文艺活动，我都与专职辅导员一起商量出什么节目、由哪些学生出节目，并组织、指导学生进行节目的排练和演出。那时的文艺演出活动，每一次都要评出一、二、三等奖来，每一次的一等奖几乎都是森工系的学生拿走。这种成绩固然令我们高兴，但也使某些人感到不快。我为此而感到了一种无形的压力，产生了一种被嫉妒甚至被嫉恨的错觉，于是写了这首词。

词之意涵

孤独的秋蝉一声声地叫着让人感到昏昏欲睡，冷落凄凉的秋风瑟瑟作响使人的心都快要碎了。自古以来人们都厌恶（不喜欢）清冷的秋天，它那冷落的样子让人感到无比的愁烦。离开家乡心甘情愿地来此地做客，原指望着能够登上高的地位，怎奈职场上的人忌讳竟然如此之深。

词之注释

“萧风”，指冷落凄凉的秋风。

“瑟瑟”，形容发抖的样子。

“清秋”，指清冷的秋天。

“青云”，比喻高的地位。“拟伴青云侧”直译为“打算伴在高的地位旁边”，暗喻“原指望着能够登上高的地位”。

“叵耐”，意为不可忍耐、可恨。五代佚名词人《鹊踏枝·叵耐灵鹊多谩语》写道：“叵耐灵鹊多谩语，送喜何曾有凭据？几度飞来活捉取，锁上金笼休共语。比拟好心来送喜，谁知锁我在金笼里。欲他征夫早归来，腾身却放我向青云里。”

“弄险”，原指冒险以求一逞。古人把在官场上谋生称作“弄险”，把在官场上谋生的人称作“弄险生”。如元代贯云石在其曲《[双调]清江引·弃微名去来》中写道：“烧香扫地门半掩，几册闲书卷。识破幻泡身，绝却功名念，高竿上再不看人弄险。”

027 自得其乐

（1990.09）

清茶一杯酒一壶，
几首神曲几册书。
心自通明身自善，
笑傲金钱与仕途。

创作背景

这首诗的创作背景与第26首诗词《菩萨蛮·孤蝉声声人欲睡》的创作背景相同。在那段时间里，除了工作之外，拉小提琴、听交响音乐、看文学艺术书籍成了我的日常，因此，自我感觉琴艺提高了不少，音乐修为、文学修养也都得到了较大幅度的提升，就连写诗也离不开音乐和书籍了。

诗之意涵

一杯绿茶泡成的茶水加上一壶好酒，几首世界著名的交响音乐和几册优雅的文学艺术书籍，这些就构成了我业余生活的日常。内心自然是十分明亮和善良的，潇洒、洒脱地看待功名利禄，做一个淡泊名利、独善其身的人。

诗之注释

“清茶”，指绿茶泡成的茶水，或指只具茶水而不备其他点心食品。

“神曲”，指好听的乐曲，这里特指世界著名的交响音乐。

“通明”，形容十分明亮。

“笑傲”，形容人潇洒、洒脱、疯狂、从容、不羁、不拘细节，这里主要取“潇洒、洒脱”之意。

028　送经管89级毕业离校

（1991.06）

分飞万里隔千山，
欲诉无言忍泪难。
勿恐情心一朝淡，
毋疑爱海几时翻。
勤来音信休疏懒，
永寄真诚不孤单。
相别何怨缘已尽，
后会有期谊更长。

创作背景

我担任经管89级的班主任，与同学们朝夕相处，产生了深厚的亦师亦友的感情。他们毕业时，我已经到了财务科工作，但毕业的欢送环节我是必须参加的。为表达我对同学们的依依不舍之情，我写了这首诗。

诗之意涵

同学们即将奔赴祖国各地，我与大家就要隔着千山万水，想诉说心中的不舍却又不知从何说起，只好强忍着眼泪。不要担心我们的情谊有一天会变淡，也不要疑心我们的友爱之舟什么时候会翻船。以后要勤来音信不要疏懒，要一直相互付出真诚才不会孤单。相别的时候不要埋怨缘分已经尽了，以后还有相见的机会，我们的友谊一定会长长久久的。

诗之注释

这首诗是化用粤曲《分飞燕》的歌词来写的，但改变了原歌词中哀怨的格调，使整首诗成为一首深情的、勉励的送别诗。

粤曲《分飞燕》歌词：“分飞万里隔千山，离泪似珠强忍欲坠凝在眼，我欲诉别离情无限，匆匆怎诉情无限。又怕情心一朝淡，有浪爱海翻，空嗟往事成梦幻，只愿誓盟永存在脑间，音讯休疏懒。只怨欢情何太暂，转眼分离缘有限，我不会负情害你心灰冷，知你送君忍泪难。哎呀，难、难、难，难舍分飞冷落怨恨有几番，身心托付鸿与雁。嘱咐话儿莫厌烦，你莫教人为你怨孤单。”

029 江城子·三十名利两茫茫

（1992.10）

三十名利两茫茫，不敢想，更难忘。
万卷诗书，读破亦徒然。
纵使满腹经纶在，心未了，鬓先霜。
曾梦衣锦喜还乡，慰父老，耀宗堂。
今成泡影，何颜面爹娘？
但得杜康时时有，邀明月，频举觞。

创作背景

1992年是我人生中极为痛苦的一年，这一年我30周岁。7月12日，我年仅28岁的四弟（兄弟中排行第四）及其只有9个月大的女儿意外死亡。随后不久，弟媳也离开了我家。这份打击对我来说无疑是难以承受之重。我提出调离林学分院已经一年多了，一直得不到领导的批准，心中郁郁寡欢。当时工资收入低，生活十分困顿，心情非常压抑。婚姻爱情之路也不顺利，30岁了还不能成家立业，内心十分焦虑。于是，在自己30岁生日到来之际，写下了这首词。

词之意涵

30岁了要名没名、要利没利，名利这个东西在现在的处境下根本不敢想它，却更加忘不了它。万卷诗书，读通了、读透了也是白搭。即使满腹经纶，也是心愿未了，头发先白。曾经梦想着能够衣锦还乡，告慰父老乡亲，光耀祖宗门楣。现在都成了泡影，有什么颜面回去见爹娘？只希望能够天天有酒，邀约明月，频频举杯。

词之注释

“读破”，指读通、读透。唐代杜甫《奉赠韦左丞丈二十二韵》诗有“读书破万卷，下笔如有神”两句，其中“读书破万卷”形容读书很多，学识渊博。

“徒然”，指白白地、枉然。唐代杜荀鹤《乱后宿南陵废寺》诗有“男儿仗剑酬恩在，未肯徒然过一生”两句。

“杜康”，中国古代传说中的“酿酒始祖”。汉《说文解字》载：“杜康始作秫酒。”因杜康善酿酒，后世将杜康尊为酒神，制酒业则奉杜康为祖师爷。后世多以“杜康”借指酒。东汉末年的曹操在其诗《短歌行》中也写道：“何以解忧？唯有杜康。”

“邀明月”，邀请、邀约明月。唐代李白的《月下独酌》诗：“花间一壶酒，独酌无相亲。举杯邀明月，对影成三人。月既不解饮，影徒随我身。暂伴月将影，行乐须及春。我歌月徘徊，我舞影零乱。醒时同交欢，醉后各分散。永结无情游，相期邈云汉。”

“觞”，作名词时是指古代盛酒的一种器具，也指盛满酒的酒杯，如晋代陶渊明《归去来兮辞》赋中就有“引壶觞以自酌，眄庭柯以怡颜”。作动词时是指向人敬酒、宴请别人等，如“管仲觞桓公”（管仲向桓公敬酒——《吕氏春秋》），“寡人欲觞群臣，何以娱之？”（寡人想宴请群臣，有什么可以供大家娱乐的？——东汉辞赋家傅毅《舞赋》）。

㊃

在广西农业大学农经系工作阶段：

1993.03 ~ 1997.04（2首）

1993年3月，我终于如愿地从广西农业大学林学院调入广西农业大学农经系工作，主要工作任务是教授会计类课程，同时兼做班主任工作和其他工作。在农经系工作期间，我教授的课程主要有“会计学原理”“农业会计”“工业会计”“商品流通企业会计”“施工企业会计”“银行会计”“财务管理”等。为了创收补贴家用，除了在农经系上课之外，还给学校成人教育学院的学生上课，甚至到校外的自学考试助考班上课。那时，工资收入微薄，给成教院、助考班的学生上课，每课时5～7元的讲课费对我来说都是雪中送炭的事，哪怕再辛苦，我也心甘情愿。我曾经创下了一周时间内上48节课的记录，真把自己当作上课的机器了，哪里有做科研的意识和动力？！

1995年9月至1995年12月，系里派我到中南财经大学进修。在那里，我选修了“银行会计”“资产评估与实务”“计算机应用”“会计电算化”四门课程。听课之余，我在校园里散步，感受到校园里浓厚的学术氛围。想想自己，同样是大学老师，为什么人家做科研而自己不做呢？再想想广西农业大学农经系，同样是大学里的教学单位，为什么人家有浓厚的学术氛围而自己没有呢？想过之后，我就有了做科研、写论文的冲动。于是，我认真地梳理两年多来做培训、搞调研所了解到的农村合作基金会存在的诸多问题，在中南财经大学的校园里写成了我教职生涯中的第一篇论文《农村合作基金会会计核算存在的问题》和第二篇论文《农村合作基金会会计科目的设置与运用构想》。后来，这两篇论文分别发表在《财会通讯》（1996 年第 3 期）和《广西农村经济》（1996 年第 2 期）上。特别是第二篇，洋洋洒洒两万多字，杂志社全文照发，当我拿到样刊时，激动得请了学校里几个要好的老师喝了一顿酒以表庆贺。这两篇文章的见刊，大大提振了我的自信心和动力。我一鼓作气，在 1996 年和 1997 年两年时间里一共发表了 10 篇论文，为我后续的学术道路造就了一个良好的开端。此外，1996 年 2 月至 1997 年 2 月，我参加广西农业大学农业经济系硕士研究生主要课程进修班学习，也为我后续的职业发展作了必要的铺垫。

030　贺农大玉林大专班学生会成立

（1994.01）

欣闻成立学生会，
骄子从今有心声。
常询大家寒和暖，
多问同窗曲与伸。
传达指示须正确，
反映要求更认真。
团结一致齐努力，
知识高峰勇攀登。

创作背景

1992—1995 年，广西农业大学成人教育学院与当时的县级玉林市合作办学，由广西农大成教院设立农大玉林大专班，专门招收玉林市籍参加成人高考的考生，办学地点设在玉林市委党校（位于玉林市仁东镇），开办的专业主要有会计学、企业管理、国际贸易等，师资由成教院聘请。我有幸被成教院聘请为会计类课程的老师。由于每个专业都开设有会计类课程，尤其是会计学专业，开设的会计类课程主要有“会计学原理”“工业会计”“商品流通企业会计”“施工企业会计”等，因此，我几乎每个学期都要到玉林市委党校给学生上课。那里是一个办学点，成教院派了一个人专门在那里管理，因为学生多，一个人管理难度很大，所以就成立了学生会，并由学生会负责编辑出版一个名叫“心声”

的墙报。在宣布学生会成立、墙报“心声”首刊的当日，我正好在那里上课，于是写了这首诗以示祝贺。

诗之意涵

很高兴听到农大玉林大专班成立学生会这个消息，天之骄子（大学生）们从此就有了墙报“心声”这样一个交流、展示的平台。学生会要经常询问同学们的寒和暖，了解同学们有没有遇到什么不公正、不合理和需要伸张的事情。传达学校的工作指示一定要正确、到位，反映同学们的思想、诉求也必须要客观、真实。带领同学们团结一致，共同努力，勇攀知识的高峰。

诗之注释

“骄子”，原指受父母宠爱的儿子，也泛指受时代宠爱的人，多用于比喻。人们常用“天之骄子”来代指当代的大学生。这首诗中的“骄子”就是指农大玉林大专班的大学生。

“曲”，这里读“屈”字音，指不公正、不合理。“伸”，这里指伸张。

031 题赠农大玉林会计班

（1994.04）

栋梁今安在，
仁东会计班。
管账诸才女，
筹资众俊男。
商海何曾涉，
书山却正攀。
寄语学成日，
大潮露锋芒。

创作背景

这首诗的创作背景与第 30 首基本相同。在农大玉林大专班的各个专业中，会计学专业是我接触最多的一个班，我给这个班上了“会计学原理”“工业会计”“商品流通企业会计”“施工企业会计”等课程，跟同学们建立了比较深厚的师生之情。课程将要结束时，我特意给这个班写了这首诗，以示纪念。

诗之意涵

国家的栋梁在哪里？就在仁东镇的这个会计班里。做会计工作有这么多的才女，做财务管理工作有这么多的俊男。商海还没有涉足，书山却正在攀登。希望同学们学成之后，在市场经济的大潮中展露你们的锋芒。

诗之注释

“仁东”，指当时的县级市玉林市下辖的仁东镇，玉林市委党校所在地，农大玉林大专班办学点就设在党校内。

“管账”，原指管理账目，是会计工作的一部分，这里泛指做会计工作。

“筹资”，原指筹集资金，是财务管理工作的一部分，这里泛指做财务管理工作。

㊄

在广西大学商学院和工商管理学院工作阶段：

1997.04～至今（99首）

1997年4月，广西农业大学与原广西大学合并组建新的广西大学，广西农业大学农经系也与原广西大学经济学院合并组建为商学院，我也随之进入了广西大学商学院工作。1999年12月获得副教授职称，2007年5月获得教授职称。1999年3月担任商学院会计系副主任，2004年9月担任商学院会计系主任，后会计系更名为财务与会计系，接着担任财务与会计系主任直至2019年8月卸任。2002年6月获得硕士研究生导师资格。2006年9月至2007年7月到中国人民大学商学院访问学习，师从著名的财务管理学家王化成教授。2009年9月至2010年1月再度到中国人民大学商学院访问学习，师从著名的青年财务管理学者支晓强教授。2021年6月，学校从学科发展的角度综合考虑之后，将商学院拆分为工商管理学院和经济学院，我和我所从事的学科被划分到了工商管理学院。2022年9月退休，从2022年10月起享受退休待遇。

在这个阶段中，我曾担任广西大学会计学硕士点、财务管理学硕士点、会计硕士专业学位点申报和建设的主要负责人。曾兼任广西会计学会副秘书长、广西审计学会副秘书长、广西会计硕士专业学位教学指导委员会副主任委员、广西洋浦南华糖业集团股份有限公司独立董事和南宁永凯实业集团有限公司总裁财务顾问。

在这个阶段中，教学上我先后讲授了“中级财务会计学”“成本会计学”“财务管理学”“高级财务管理学”“财务分析学”“公司资本经营”“学术研究方法”等课程。科研上我出版了著作和教材 28 部，发表了论文 64 篇，主持完成了各类研究课题 28 项，研究成果获得各类奖励 28 次。研究生培养上我培养毕业了 62 名学术型硕士研究生、35 名会计硕士专业学位研究生、98 名工商管理硕士专业学位研究生和 5 名高级管理人员工商管理硕士专业学位研究生。这些学生中，有的现在已经成了教授、博士生导师、公司高管、全国会计领军人才等高端人才，绝大多数人都成了社会的精英。荣誉上我获得了财政部“全国先进会计工作者”、广西“全区先进会计工作者”、广西大学“建校九十周年突出贡献者”等众多荣誉称号。这个阶段是我职业生涯中的鼎盛时期，自我感觉良好。

在这个阶段中，我创作了不少诗词和对联，从内容和创作目的上看大致分为四类：一是记事，把自己经历过的一些事情用诗词或对联的形式记录下来；二是赠人，主要是赠送给自己的学生，以示勉励、赞美或寄语；三是感怀，对自己工作和生活中的一些人和事有所思、有所想、有所感之后用诗词或对联的形式抒发出来；四是祝福，主要是辞旧迎新时为家人和朋友送上的新春祝福。这个阶段所创作的诗词和对联总体上我是比较满意的，但也留下了不少遗憾。没办法，人生哪能没有遗憾？

032　江城子·横空出世八十年

（2001.05）

横空出世八十年，其宗旨，未曾变。
历尽沧桑，信念犹更坚。
纵使寰宇风云涌，立潮头，搏浪尖。
寿诞欣逢新一千，众儿女，喜眉间。
普天同庆，盛况在眼前。
盼得国富民强日，歌如海，舞翩跹。

创作背景

2001 年 5 月，学校为了迎接中国共产党建党八十周年，决定举办以学院党委和机关党委为单位的板报比赛。商学院负责板报组稿、设计和制作的老师希望我能够给板报写一篇短文。我经过考虑，就写了这首《江城子·横空出世八十年》词和第 33 首《卜算子·风雨八十年》词交给组稿的老师。后来学院的板报采用了这首《江城子·横空出世八十年》词。

词之意涵

伟大、光荣、正确的中国共产党诞生已经八十年了，坚持全心全意为人民服务的宗旨一直未曾变过。八十年来，中国共产党历尽沧桑，信念反而更加坚定了。即使国际国内的政治、经济、外交、军事等形势风起云涌，她始终站在历史的潮头与风浪搏斗。八十周年的寿诞正好遇上新的一千年的开始，全党、全军和全国各族人民的喜悦之情展露在眉目之间。普天同庆党的八十寿辰的盛大场面就在眼前。期盼着国富民强的那一天，全党、全军和全国各族人民一定会在如歌的海洋里翩翩起舞。

词之注释

“横空出世”，形容人或物高大，有很伟大的成就，或比喻卓尔不群，十分优秀。出自毛泽东《念奴娇·昆仑》一词：“横空出世，莽昆仑，阅尽人间春色。”

“寰宇”，原指整个宇宙、整个空间、整个地球、全世界、全天下，也可以用来比喻国际国内的政治、经济、外交、军事等形势。唐代骆宾王《帝京篇》诗：“声名冠寰宇，文物象昭回。”明代张四维《双烈记·访道》：“敢将长剑撑寰宇，欲挽天河洗甲兵。”现代赵朴初《历史博物馆》诗之一：“天安门外庄严海，寰宇名都未有双。”

“新一千”，指新的一千年。2001 年正是 20 世纪与 21 世纪交替的年份，20 世纪结束，21 世纪来临，亦即新的一千年来临。

“翩跹”，又作“蹁跹”，形容轻快地旋转舞动的样子。宋代贺铸《行路难·缚虎手》：“笑嫣然，舞蹁跹。”现代冰心《寄小读者》二五“我梦见那个雪人，在我刚刚完工之后，她忽然翩跹起舞”。毛泽东《浣溪沙·和柳亚子先生》词：“长夜难明赤县天，百年魔怪舞翩跹。”

033 卜算子·风雨八十年

（2001.05）

风雨八十年，历尽沧桑事。
虽是曲折却光明，今又扬帆起。
舒展好心情，昂首新千禧。
里里外外一条心，天下谁与比。

创作背景

这首词的创作背景与上首《江城子·横空出世八十年》相同。

词之意涵

中国共产党已经风风雨雨走过了八十年的历程，其间历尽了无数沧桑的事情。一路走来虽然道路是曲折的，但是光明的，如今又继续扬帆远航。在党的八十华诞到来之际，全党、全军和全国各族人民都要舒展好的心情，昂首挺胸地迈进新的一千年。只要党内、党外一条心，这个世界上就没有哪个政党能够与中国共产党相比。

词之注释

“禧”，指幸福、吉祥；“千禧”，指千禧年，即日历的一千年。“新千禧”，指新的一千年，原是从 2000 年起算，但因 2001 年是起算后的第一年，故也有人把 2001 年当作是新千禧。这首词不刻意考究新的千禧年是 2000 年还是 2001 年，而是借当时刚刚迈入 21 世纪的那种氛围来表达那种“昂首新千禧”的豪迈之情。

034 题赠嘉和公司

（2003.01）

广西千帆顺，
嘉和万事兴。
置业人为本，
投资法是金。
有限资源去，
无穷财富赢。
风云当际会，
公司尽精英。

创作背景

2002 年 11 月，受学院一位老师的推荐，我承接了广西嘉和置业投资集团有限公司委托的横向研究课题“全面预算管理制度及其实施细则的设计与实施”。在课题研究完成之后，我给委托方题写了这首诗，把其公司名称嵌入了诗中，成了一首藏头诗。

诗之意涵

广西政通人和、经济繁荣、社会稳定，嘉和的事业兴旺发达。置办实业、开创事业一定要以人为本，投资不仅要遵守国家法律法规和公司规章制度，更要遵循经济规律和市场法则。以有限的资源去拼取无穷的财富，是每一个投资者的毕生追求，更是嘉和的奋斗目标。嘉和公司聚集的都是商海精英，有这样一群精英在拼搏，相信嘉和的兴旺发达定能指日可待。

诗之注释

广西是沿海地区，是中国西南出海大通道，“千帆顺”，寓意广西政通人和、经济繁荣、社会稳定。

“嘉和”，谐音“家和”，“家和万事兴”寄语嘉和上下同心、其利断金。

“置业”，可以解释为置办实业、开创事业。以人为本是现代企业的一种经营管理理念。

“投资”，在这里是一个广义的概念。首先，嘉和的每一位员工都是公司的投资者，股权拥有者以财力、物力和人力三种资源同时对公司进行投资，非股权拥有者则以人力资源对公司进行投资，每一位员工只有不断地对公司进行有效投资，才能从公司获得合理回报。其次，嘉和又是社会的一个投资者，她只有不断地向社会进行有效投资，才能不断地发展壮大自己。

“法”，在这里也是一个广义的概念。嘉和及其每一位员工在对社会、对公司进行有效投资时，不仅要遵守国家法律法规和公司规章制度，更要遵循经济规律和市场法则。“以人为本、依法投资”应当成为嘉和的一种经营管理理念。

常言道：资源是有限的，财富是无穷的。以有限的资源去拼取无穷的财富，是每一个投资者的毕生追求，更是嘉和的奋斗目标。

“风云际会”这个成语本意是比喻有能力的人遇到了施展才能的好机会。这里指嘉和公司聚集的都是商海精英。

035 旅

（2003.01）

扬帆万里我当先，
浪打风吹只等闲。
学问犹如足底水，
波涛却是手中笺。
无涯心旅何漫漫，
有望前程正翩翩。
但待徜徉彼岸日，
歌声响彻九重天。

创作背景

2003 年 1 月 3 日，学院组织全体教职员工前往桂平市西山风景区开展团建活动。其时，新的院长刚上任不久，填补了空缺多时的院长位置。其工作热情、工作作风给学院带来了新的气象，激发了全体教职员工的信心和希望。大家精神饱满、激情满怀，在前往桂平市的大巴上一路高歌、一路欢笑。受到这种氛围的感染，我在大巴上写下了这首诗。

诗之意涵

在创业的万里征途中，我们应当走在时代的前列，任凭风吹浪打也要坚韧不拔、勇往直前、决不退缩。尽管创业的学问就像脚下的大海一样博大而精深，我们也要把翻滚的波涛当作手中的纸张来尽情地挥洒豪情、描绘蓝图。远大的理想并不是漫无边际、遥不可及的，我们正迈着轻盈的步伐奔向充满希望的美好前程。等到我们自由自在地漫步在理想彼岸的那一天，我们将会用响彻云霄的欢乐之歌来尽情地抒发我们心中无限的喜悦。

诗之注释

“只等闲”，意为只当做平平常常的事情。出自毛泽东《七律・长征》诗：“红军不怕远征难，万水千山只等闲。五岭逶迤腾细浪，乌蒙磅礴走泥丸。金沙水拍云崖暖，大渡桥横铁索寒。更喜岷山千里雪，三军过后尽开颜。”

“笺”，有三种语义。一是注解；二是写信或题词用的纸；三是信札。这里指用于挥洒豪情、描绘蓝图的纸张。

“无涯心旅”，指远大的理想；“漫漫”，原指时间长久或空间广远的样子，这里引申为漫无边际、遥不可及。

“有望前程”，指充满希望的美好前程。“翩翩”，形容轻快地跳舞，也形容动物飞舞，形容举止洒脱（多指青年男子）。这里引申为迈着轻盈的步伐。

“徜徉”，原指安闲自在地步行，这里引申为自由自在地漫步。

“九重天”有两个意思：一是古人认为天有九层，故泛言天为“九重天”。如唐代张鷟《朝野佥载》卷六引宋善威诗：“月落三株树，日映九重天。”《封神演义》第二回：“愁云直上九重天，一派败兵随地拥。”二是指帝王或朝廷。如唐代韩愈《左迁至蓝关示侄孙湘》诗：“一封朝奏九重天，夕贬潮阳路八千。”宋代晏殊《浣溪沙》词：“可惜异香珠箔外，不辞清唱玉尊前。使星归觐九重天。”元代吴昌龄《张天师・断风花雪月》第一折：“稳请受着九重天雨露恩和宠。”清代李渔《风筝误·请兵》：“羽书飞上九重天，伫望旌旗自日边。”我这首诗里的“歌声响彻九重天”形容歌声高亢响亮、响彻云霄。

036 新 春 赋

（2003.02）

盛世欣逢喜庆年，
男女老幼笑开颜。
居家创业能遂愿，
入市求财可挣钱。
宅旺人和超往日，
风调雨顺胜从前。
身强体壮精神好，
幸福生活比蜜甜。

创作背景

这首诗没有特殊的创作背景，是在2003年春节来临之际一时兴起而写的，目的就是庆贺新春。

诗之意涵

在安定兴盛的时代里很高兴又迎来一个喜庆年，男女老幼都开开心心、笑容满面。希望新年里居家创业能够得遂所愿，入市求财可以挣到钱。家宅比往日更加兴旺、家庭比往日更加和谐，年景也比从前更加风调雨顺。家人个个都身强体壮、精神饱满，过上比蜂蜜还甜的幸福生活。

诗之注释

“盛世”，指安定兴盛的时代。

“笑开颜”，形容笑容使人的面容呈现出喜悦的状态，表达的是一种笑容带来的愉悦情绪。

“遂愿”，指满足或实现人的愿望。

037　题赠西大 MBA

（2003.05）

管理精英今何在，
堂前诸位MBA。
商场他日风云涌，
主宰沉浮舍我谁。

创作背景

2002 年，广西大学商学院开始招收第一届工商管理硕士（MBA）学生，班级名称为 MBA2002 级（或 2002 级 MBA），我也在这一年获得硕士研究生导师资格。2003 年春季学期，我给 MBA2002 级学生讲授“公司财务管理学”课程。讲课的过程中，学生要求我给他们写一首诗。经过多日酝酿，我写成了这首诗。

诗之意涵

管理的精英现如今在哪里呢？课堂里讲台前面坐着的各位 MBA 学生就是。将来商场里风起云涌的时候，你们一定要有一种“主宰沉浮舍我其谁”的豪迈气概和过人本领。

诗之注释

“堂前”，主要有三种词义。第一，指正房前面。如晋代陶渊明《归园田居·其一》诗：“榆柳荫后檐，桃李罗堂前。”唐代杜甫《又呈吴郎》诗：“堂前扑枣任西邻，无食无儿一妇人。”第二，指正厅。如唐代朱庆馀《近试上张籍水部》诗：“洞房昨夜停红烛，待晓堂前拜舅姑。”唐代刘禹锡《乌衣巷》诗：“旧时王谢堂前燕，飞入寻常百姓家。”第三，代指母亲。如《宋史·列传第二百一十九列女传·陈堂前》：“陈堂前，汉州雒县王氏女，节操行义，为乡人所敬，但呼曰‘堂前’，犹私家尊其母也。”我这首诗里引申为“课堂里讲台前面”。

“MBA”，是英文“Master of Business Administration”的缩写，中文全称为工商管理专业型硕士研究生，简称“工商管理硕士”，是对应工商管理学术型硕士的专业学位硕士，该学位的设立，旨在培养未来能够胜任工商企业和经济管理部门高层管理工作需要的务实型、复合型和应用型高层次管理人才。

038 题赠金美克能越南责任有限公司

（2003.09）

金石欲开诚为先，
美玉无瑕技必娴。
克俭克勤谋发展，
能收能放勇向前。
风云越现帆犹顺，
北聚南财变桑田。
有限公司宏伟业，
鲲鹏振翅九霄天。

创作背景

广西大学商学院会计 97 级有一个学生在越南胡志明市的一家台资企业工作，这家台资企业叫作“金美克能越南责任有限公司”。2003 年春节（寒假）期间，这个学生找到我说，这家台资企业想请广西大学一位财务专家过去为它做一次成本管理方面的咨询，想推荐我去。我听后欣然接受。正当我开始跟这家企业的老板接触沟通的时候，中国和越南等许多国家和地区都爆发了传染性非典型肺炎（简称“非典”）疫情，商定的行程被迫一拖再拖。直到 2003 年 9 月中旬，我才能踏上飞往越南胡志明市的飞机。经过两个星期夜以继日紧张的工作，我顺利地完成了咨询任务，在离开胡志明市的前一天，为这家公司题写了这首诗，以作纪念。诗中嵌入了这家企业的名称，成了一首藏头诗。

诗之意涵

一个人或一个团队，要想创造美好的事业，必须要有崇高的敬业精神和娴熟的创业技艺。一个人或一个团队，在创业的过程中，不仅要积极地创造收入，努力地降低成本，以谋求事业的发展；而且还要不断地磨炼自己的意志，提高自己的技能，运用自己“收发自如、已臻化境”的创业艺术，勇敢地把事业推向前进。如果能够做到这些，那么，事业的航船就会在风云变幻的征途中一帆风顺，勇往直前，并最终实现自己“欲把沧海变桑田”的远大理想。公司的组织形式虽然是责任有限的形式，但公司的事业蓝图却是宏伟的。衷心祝愿金美克能的事业像鲲鹏展翅一样，日行万里，直冲云霄。

诗之注释

“责任有限公司”，这是中国台湾地区对承担有限责任的公司的一种专属称谓。在中国大陆地区，承担有限责任的公司的专属称谓是“有限责任公司”。

“精诚所至，金石为开”，意思是人的诚心所至，能感动天地，使金石为之开裂。比喻只要专心诚意去做，什么疑难问题都能解决。《庄子·渔父》：“真者，精诚之至也，不精不诚，不能动人。”汉代王充《论衡·感虚篇》：“精诚所加，金石为亏。”我这首诗中的第一句“金石欲开诚为先”就是化用这个成语的意思。

039～040 贺王克军老师六十大寿（二首）

（2004.09）

（一）

历练人生六十年，
修得正果终成仙。
言谈举止皆学问，
座下门徒尽汗颜。

（二）

王者师尊庆寿辰，
克勤克俭六十春。
军民学子同朝贺，
誉满乾坤福满门。

创作背景

王克军老师是我大学时的班主任。他是在我考上大学前不久才调来广西农学院工作的，我大学毕业后不久，他又调离了广西农学院。他在广西农学院工作期间只担任过我这个班的班主任，好像是专门为农经83级而调来广西农学院的。2004年9月，他从遥远的东北地区回到南宁，请我们班在南宁工作的同学与他一起欢度60岁生日。有感于他的情义，我写了这两首诗送给他作为贺礼。

诗之意涵

（一）王老师历练人生六十年了，终于修得正果，成了一个学富五车、人情练达的仙风道骨之人。他的言谈举止之间都是学问，学生们都自愧不如、羞耻万分。

（二）为在同行中出类拔萃的、令人尊敬的王老师庆祝寿辰，他既勤劳又节俭地度过了六十个春秋。军队里和地方上的学生一同来向他表示祝贺，祝贺他誉满乾坤，祝愿他福气满门。

诗之注释

“座下”，主要有三种词义，第一，是对尊者的敬称。如宋代王观国《学林·朕》：“称尊者为座下、几下、席下、阁下。”第二，指讲座之下。如唐代韩愈《华山女》诗：“黄衣道士亦讲说，座下寥落如明星。”第三，指莲座之下，借指佛、菩萨。如清代李渔《奈何天·狡脱》：“情愿皈依座下，做个传经听法之人。”我这首诗取第一种词义。

“王者”，主要有两种词义。第一，指帝王、君王。如《史记·伯夷列传》：“示天下重器，王者大统，传天下若斯之难也。”第二，指同类中之特出而无与伦比者。如宋代欧阳修《渔家傲》词：“颜色清新香脱洒。堪长价，牡丹怎得称王者！”我这首诗取第二种词义，形容老师学问高深，在同行中出类拔萃。

“克勤克俭”，形容既勤劳，又节俭。最早出自《尚书·大禹谟》：“克勤于邦，克俭于家。”

之所以称“军民学子同朝贺”，是因为王克军老师既在军队的院校里当过老师，也在地方的院校里当过老师，他在军队院校教过的学生很多还在服役。

041 西 湖 山

（2006.06）

相约作伴赶西湖，
大小高低错落出。
疑心逊色西湖水，
笼面轻纱掩翠图。

创作背景

2006年6月，我到上海参加一个学术研讨会，会后到杭州考察，借机游览了著名的风景名胜西湖。从市区去往西湖，将要抵达湖边的时候，看到湖对面朦朦胧胧、错落有致的群山带着一丝神秘的色彩，很有画面美感。我想，描写西湖水的诗已经有很多了，但描写西湖山的诗我却没有读到过，那就自己写一首吧。于是，写下了这首诗。

诗之意涵

西湖边的群山相约作伴赶到西湖，想看看西湖的水究竟有多美，大大小小、高高低低的群山错落有致地出现在了西湖边上。它们疑心自己的容貌没有西湖水的容貌好看，就一个个都拿着一块轻纱罩住头脸，以掩盖住自己秀美的容颜。

这首诗采用拟人化的手法描写了西湖边那错落有致的群山。

诗之注释

“西湖”，旧称武林水、钱塘湖，又称明圣湖、金牛湖等，位于浙江省杭州市，是著名的风景名胜游览地。西湖远古时是与钱塘江相通的浅海湾，由于泥沙淤塞，大海被隔断，在沙嘴内侧的海水成了一个潟湖。诗人白居易和苏东坡等人任杭州地方长官时，都悉心治理西湖，构成了湖中三岛、白苏二堤、湖上塔影的绮丽景色。景区内有保俶塔、雷峰塔遗址等景点。2011 年，“杭州西湖文化景观”列入《世界遗产名录》。历朝历代描写西湖的诗词有很多，其中较为著名的一首诗是宋代杨万里的《晓出净慈寺送林子方二首（其二）》：“毕竟西湖六月中，风光不与四时同。接天莲叶无穷碧，映日荷花别样红。”

“翠图”，原指翠绿色的图画、图案、画面，这里用来比喻西湖群山秀丽的容颜。

042 扬声直上

（2006.10）

扬声直上意何为，
海阔天空任我飞。
燕雀安知鸿鹄志，
不达九霄誓不回。

创作背景

杨海燕是广西大学商学院会计学专业2002级本科生。她2006年春季学期撰写本科毕业论文时，我是她的指导老师。是年，她顺利地考上了广西大学商学院企业管理学专业财务管理学方向的硕士研究生，拜在了我的门下，成为我的入室弟子。2006年9月入学后，经过一段时间的接触，我觉得她是一个具有进取心和正能量的学生，为了勉励她好好钻研学问，就写了这首藏头诗送给她，希望她立下鸿鹄之志，不达九霄誓不回。

诗之意涵

高声喊叫的直上云霄究竟想做什么？天地辽阔、无边无际，任由我无拘无束、心情开朗地自由飞翔。燕雀哪里知道鸿鹄的志向？鸿鹄不飞到九霄云外是不会回头的。

诗之注释

“扬声”，指高声。

“海阔天空”，一是形容天地辽阔而无边际，如唐代刘瑶的

《暗别离》诗：“青鸾脉脉西飞去，海阔天空不知处。”二是比喻心胸开阔或心情开朗，如《儿女英雄传·第二十六回》：“这位姑娘虽是细针密缕的一个心思，却是海阔天空的一个性气。”三是形容无拘无束、漫无边际，如《文明小史·第三十五回》：“到上海游学，不三不四合上了好些朋友，发了些海阔天空的议论，什么民权、公德，闹得烟雾腾天，人家都不敢亲近他。”我这首诗综合了这三种解释。

“燕雀”，泛指小鸟，也比喻庸俗浅薄、地位低微、胸无大志的人。“鸿鹄”，天鹅，形状像鹅而比鹅大，全身白色，飞得很高，常用来比喻志向远大的人。汉代司马迁《陈涉世家》文：“嗟乎！燕雀安知鸿鹄之志哉！”

“九霄”，指天空的最高处，比喻极高或极远的地方。

043～044

珊珊北上寻师赋（二首）

（2006.11）

（一）

珊珊北上为哪般，
学海寻舟又觅帆。
但得长橹手中攥，
一摇飞越万重关。

（二）

万重关里风险多，
握紧摇橹勿哆嗦。
任它掀起千层浪，
直抵龙门取新科。

创作背景

2006年9月至2007年7月，我到中国人民大学商学院访问学习，师从著名的财务管理学家王化成教授。王珊珊是我2004级企业管理学专业财务管理学方向的硕士研究生，其时正值研三（研究生三年级），打算报考博士研究生。我就建议她考王化成教授的博士研究生，并向王化成教授作了推荐。我希望王珊珊同学趁我在中国人民大学商学院访学的机会到北京来拜见王化成教授，她接受了我的建议，于2006年11月到了北京。为了鼓励她报考，我写了这两首诗送给她。最终，她不负所望，在2007年考取了王化成教授的博士研究生。

诗之意涵

（一）珊珊到北京来究竟是为了什么？是为了在广阔无边的学问领域寻找名师。但愿她能抓住这个机会，一举实现自己的梦想。

（二）要实现自己的这个梦想并不是那么容易的，需要坚定信心、鼓足干劲，不要松懈、不要犹疑。任凭困难再大、竞争再激烈，也要一举考上。

诗之注释

“学海”，主要有三种词义。第一，谓学问渊博，亦指学问渊博的人。如宋代司马光《送导江李主簿君俞》诗：“学海无涯富，辞锋一战勋。”清代王晫《今世说·赏誉》：“朱名鹤龄，江南吴江人，贯穿六籍，折衷百氏，著书满家，群推学海。”第二，喻指学术界。如唐代崔珏《哭李商隐》诗：“词林枝叶三春尽，学海波澜一夜干。”第三，比喻广阔无边的学问领域。如唐代韩愈《古今贤文·劝学篇》诗：“书山有路勤为径，学海无涯苦作舟。”清代赵翼《上元后三日芷堂过访草堂》诗：“学海迷茫未有涯，何来捷径指褒斜。”我这首诗取第三种词义。

“龙门”，中国古代传说只要鲤鱼能够跳过龙门，就会变化成为真龙。旧时，人们常用“鲤鱼跳龙门”比喻中举、升官等飞黄腾达之事，也比喻逆流前进，奋发向上。这首诗也是借“鲤鱼跳龙门”之意祝愿我的学生能够顺利地考中。

“新科”，指新科状元，即本届状元。中国古代科举考试，是分成一科一科算的。这里的“科”是一个量词，相当于“次”或

“届”。新科指的是刚考完的那一次（届）。这首诗中“直抵龙门取新科”这句就是希望我的学生有一种“一定要考上”的信心、决心和勇气，也寄托了我对她的良好祝愿。

045 游北京香山有感

（2006.11）

久仰香山红叶多，
亲临乃悟盛名何。
层林尽染非唯美，
历史沧桑是醒歌。
古迹雄奇虽可颂，
人文厚重更当说。
千年胜景今朝看，
恍若漂流万里河。

创作背景

我在中国人民大学访学期间，正好广西大学公共管理学院的一位老师也在此访学。她很热心，组织广西各高校当时也在此访学的老师聚会，商定等到 11 月下旬香山黄栌叶子变红的时候一起去香山看红叶。成行之时，我的学生王珊珊正好还在北京，就一同前往。到了香山，游览了一遍，我深有感触，于是写下了这首诗。

诗之意涵

很久以前就仰慕香山的美名，说那里的红叶很多而且很好看，但当我亲自来到香山游览之后才发现香山久负盛名的原因是什么。一层层都染成红色的树林并不是香山久负盛名的真正原因，它那沧桑的历史才是警醒一代代中国人的悲歌。它那雄伟奇特的名胜古迹虽然也值得称颂，但它那厚重的人文历史更加值得称道。今天来到这里看到这处具有近千年历史的优美的风景，就恍如漂过了一万里的历史长河。

诗之注释

“北京香山”，指北京的香山公园，位于北京西郊。香山公园始建于金大定二十六年（1186 年），早在元、明、清时，皇家就在香山营建离宫别院，清乾隆十年（1745 年）曾大兴土木建成名噪京城的二十八景，乾隆皇帝赐名静宜园。咸丰十年（1860 年）和光绪二十六年（1900 年）先后两次被英法联军、八国联军焚毁，1956 年开辟为人民公园。香山公园文物古迹众多，亭台楼阁似星辰散布山林之间。这里有燕京八景之一的“西山晴雪”，有集明清两代建筑风格的寺院“碧云寺”等旅游景点。

“香山红叶”，指每年 11 月中下旬时香山上黄栌树变红了的叶子。黄栌，别名黄道栌、红叶黄栌、红叶、光叶黄栌等，落叶小乔木或灌木，树冠圆形，高可达 3 ~ 5 米。漆树科黄栌属观赏红叶树种。

“层林尽染”，形容连绵群山上层层树林经霜打变红，像是被染过颜色一样。出自毛泽东《沁园春 · 长沙》：“独立寒秋，湘江北去，橘子洲头。看万山红遍，层林尽染；漫江碧透，百舸争流。”

“雄奇”，指雄伟奇特。宋代王安石《和平甫舟中望九华山》其一：“楚越千万山，雄奇此山兼。”清代龚自珍《己亥杂诗》其一百五十二：“浙东虽秀太清孱，北地雄奇或犷顽。”

046～047

武岭村风光写照（二首）

（2007.04）

（一）

坐落青龙白虎台，
无穷视野两边开。
千般景色来朝圣，
聚作村中福寿财。

（二）

青山映衬两深潭，
四姓环居一村庄。
日夜龙腾兼虎跃，
声威浩荡震八方。

创作背景

2007年开春，武岭韦氏族人商议着想在公共餐厅悬挂两幅画，画的原型是武岭村曾姓人所拍摄的两张武岭村风光照片。其中一张是从后山俯拍村庄全貌，另一张是从村前往后拍摄村庄全景。这两张照片拍出了武岭村独特的地理位置和秀美的自然景观。用这两张照片制作出两幅画布悬挂在家族的公共餐厅墙壁上确实是一个很好的主意。为了给这两幅画增添文化色彩，我根据两张照片的特点对应着写了这两首诗。最终，族人在制作画布时就把这两首诗分别印在了两幅画上。

诗之意涵

（一）武岭村坐落在“左青龙、右白虎”的风水宝地之中，站在村中的高处极目远眺，无穷的视野从左到右一字排开。村前的千般景色都可以尽收眼底，这些景色汇聚到村中，给村民们带来了千秋万代的福禄、寿禧和财宝。

（二）青山映衬着两张深潭，韦吴曾古四个姓氏的村民环居在深潭的周围组成了一个村庄，那就是风光秀丽、人杰地灵的武岭村！村中日夜都呈现出龙腾虎跃的蓬勃生机和万千气象，其浩大的声势，威震着四面八方。

这两首诗，第一首写出了武岭村背靠青山、面向平原、左有青龙、右有白虎、居高临下、极目千里的得天独厚的地理位置，赞美了武岭村居高望远、视野开阔的自然景观，表达了我对居住在这个村庄里的村民们的良好祝愿，愿大家世世代代都能够过上健康、长寿、富贵、幸福的美好生活。第二首写出了武岭村的地形构造和屋宅分布特点，同时赞美了武岭村的青山绿水、人杰地灵、蓬勃生机和万千气象，也暗喻武岭村所居之地为龙虎之地，世世代代必将人才辈出。

诗之注释

“青龙、白虎”，是中国神话中四神中的两神。中国神话传说中的四神又称四象，是指青龙、白虎、朱雀和玄武，它们有祛邪、避灾、祈福的作用。中国古老的风水学中有“左青龙、右白虎、前朱雀、后玄武”的说法，一个地方如果左有青龙、右有白虎、前有朱雀、后有玄武，那么，这个地方就被认为是一块风水宝地。

“青山映衬两深潭”，武岭村背靠青山，面向平原，村前有两方全村共有的鱼塘，分别叫“大塘”和“长塘”，塘水比较深而且清澈，在村前往塘里看，可以看到村后的青山倒映在鱼塘里。

“四姓环居一村庄”，武岭村现有韦、吴、曾、古四个姓氏的村民，他们环抱着两方鱼塘而安居。据老人们传说，韦姓是最早来到这里居住的姓氏，俗称“造村公”。吴姓又分为两支不同的村民，一支叫“本地吴”，讲宾阳本地话；另一支叫“新民吴”，讲客家话。在四个姓氏、五支村民中，韦姓这支人口最少，其余由少到多依次为本地吴、曾姓、新民吴、古姓。

048～053

我 是 谁（六首）

（2007.09）

（一）

本男姓韦名德洪，
有字有号自己封。
字曰臻旻号斐穆，
其意只在我心中。

（二）

祖籍宾阳近南宁，
父母兄弟姐妹亲。
五谷丰登六畜旺，
邻里和睦好家庭。

（三）

身高一六三厘米，
百二十斤好身体。
要问今年多少岁，
青春永远二十七。

（四）

本科毕业已多年，
仍在大学执教鞭。
主讲财务和会计，
生活平淡却悠闲。

（五）

性格喜动亦喜静，
爱好广泛有人信。
虽是文人犹尚武，
能解诗书擅拉琴。

（六）

本男体贴又温柔，
已有淑女度春秋。
虽无九天嫦娥貌，
但可偕老到白头。

创作背景

这六首自我介绍的诗最初是写于 1990 年。2007 年 9 月，我想制作一个自我介绍的演示文稿（即 PPT），以供给硕士研究生（含学硕和专硕）上课时进行自我介绍使用。想起多年前写的那六首自我介绍的诗比较有个性，就找出来对它们进行修改，修改之后就成了如今这个样子。

诗之意涵

（一）我姓韦，名德洪，自己仿照古人给自己取了一个字和一个号。字叫臻旻，号是斐穆，它们的内涵只有我一个人知道。

（二）我的祖籍在广西宾阳县，距离南宁很近。家里有父母、兄弟和姐妹，一家人相亲相爱。五谷丰登，六畜兴旺，邻里和睦，是一个好家庭。

（三）身高一百六十三厘米，一百二十多斤好身体。要问今年多少岁，那我告诉你，我的心态和精神风貌永远都像二十七岁的年轻人一样乐观、豁达和充满朝气。

（四）本科毕业已经很多年了，现在还在大学里面当老师。主要讲授财务类、会计类课程，生活很平淡，但也很悠闲。

（五）性格喜欢动，也喜欢静，爱好广泛有人相信。虽然是文人，但很崇尚武术，爱好诗词和书法，擅长拉小提琴。

（六）我既体贴，又温柔，已经有了共度一生的伴侣。她虽然没有九天嫦娥那样的美貌，但可以与我白头偕老。

这六首诗把我的姓名字号、籍贯家庭、身高年龄、学历职业、性格爱好和婚姻爱情六个方面都分别作了简明扼要的介绍，独特而有个性。我每一次拿这六首诗给学生作自我介绍时，都获得学生热烈的掌声！

诗之注释

“五谷丰登六畜旺”这一句很鲜明地道出了我虽然是大学教授，但却是出生长大于农村家庭。如果是城市家庭，是不会有“五谷丰登六畜旺”之说的。

“青春永远二十七”这句只是想表明，不管我多少岁，我都要做到心态年轻、精神风貌年轻，永远做一个乐观、豁达和充满朝气的人。

“尚”，这里指崇尚；“尚武”，指崇尚武术，也可以引申为爱好武术。

“解”，这里指了解、明白；“能解诗书”，指能够了解、明白诗词、书法的意涵，也可以引申为爱好诗词和书法。

“九天”，指天的最高处，形容极高。传说古代天有九重，故

“九天”也作“九重天”“九霄天”。

“嫦娥”，中国古代神话中的人物，又名恒我、恒娥、姮娥、常娥、素娥，羿之妻，因偷吃了不死药而飞升至月宫。嫦娥的故事最早出现在商朝卦书《归藏》。而嫦娥奔月的完整故事最早记载于西汉《淮南子·览冥训》。东汉时期，嫦娥与羿的夫妻关系确立，而嫦娥在进入月宫后变成了捣药的蟾蜍。南北朝以后，嫦娥的形象回归为女儿身，并被描绘成绝世美女。南朝陈后主陈叔宝曾把宠妃张丽华比作嫦娥。唐朝诗人白居易曾用嫦娥夸赞邻家少女那不可多得的容貌。

054 为杨海燕家藏牡丹图而题

（2008.06）

国色天香在杨家，
雍容华贵众生夸。
沉鱼落雁谁能比，
闭月羞花唯有她。

创作背景

我的学生杨海燕家收藏有一幅名为《牡丹图》的画作，据她说画作是广西一位有名的画家所赠。一日，她征得父母同意后，把画作拿来学校让我欣赏，并请求我给这幅画作题写一首诗。我一看画作的落款，不认识。但画的本身确实很逼真，所画牡丹娇艳欲滴、栩栩如生。为遂其愿，题了这首诗。

诗之意涵

国色天香在杨家，她那雍容华贵的仪态仪表引来了众人的夸赞。她那沉鱼落雁般的美貌谁能比得上？能够称得上闭月羞花的也只有她了。

诗之注释

“牡丹”，是芍药科、芍药属植物，为多年生落叶灌木。茎高达 2 米，分枝短而粗。叶通常为二回三出复叶，表面绿色，无毛，背面淡绿色，有时具白粉。花色泽艳丽，玉笑珠香，风流潇洒，富丽堂皇，素有“花中之王”的美誉。在栽培类型中，主要根据花的颜色，可分成数百个品种。牡丹品种繁多，色泽亦多，以黄、绿、肉红、深红、银红为上品，尤其黄、绿为贵。牡丹花大而香，故又有“国色天香”之称。

“国色天香”，是牡丹的别称，现多比喻绝色佳人。唐代李正封《牡丹诗》：“国色朝酣酒，天香夜染衣。”后世据此引申出成语“国色天香”。宋代范成大《与至先兄游诸园看牡丹三日行遍》诗：“欲知国色天香句，须是倚阑烧烛看。”明代汪道昆《洛水悲》：“你每凡胎肉眼，怎得见国色天香。”清代秋瑾《精卫石》弹词：“虽非国色天香艳，秀目修眉樱口鲜。”

“沉鱼、落雁、闭月、羞花”，分别代指中国古代四大美女西施、王昭君、貂蝉和杨玉环。

沉鱼。春秋战国时期，越国有一个叫施夷光的女子，五官端正，粉面桃花，相貌过人。她在河边浣纱时，清澈的河水映照她俊俏的身影，使她显得更加美丽。这时，鱼儿看见她的倒影，忘记了游泳，渐渐地沉到河底。从此，西施这个“沉鱼”的代称，在附近流传开来。

落雁。公元前33年，作为汉朝属国的南匈奴首领呼韩邪入长安朝觐天子，以尽藩臣之礼，并请求作为大汉的女婿。元帝同意了，遂将宫女王昭君赐给呼韩邪。在一个秋高气爽的日子里，昭君告别了故土，登程北去。一路上，马嘶雁鸣；悲切之感，使她心绪难平。她在坐骑之上，拨动琴弦，奏起悲壮的离别之曲。南飞的大雁听到这悦耳的琴声，看到骑在马上的这个美丽女子，忘记摆动翅膀，跌落地下。从此，昭君就得来“落雁”的代称。

闭月。三国时汉献帝的大臣司徒王允的歌姬貂蝉在后花园拜月时，忽然轻风吹来，一块浮云将那皎洁的明月遮住。这时正好王允瞧见。王允为宣扬他的养女长得如何漂亮，逢人就说，我的女儿和月亮比美，月亮比不过，赶紧躲在云彩后面。因此，貂蝉也就被人们称为“闭月”了。

羞花。唐朝开元年间，唐明皇骄奢淫逸，派出人马，四处搜寻美女。当时有一美貌女子叫杨玉环，被选进宫来。杨玉环进宫后，思念家乡。一天，她到花园赏花散心，看见盛开的牡丹、月季……想自己被关在宫内，虚度青春，不胜叹息，对着盛开的花说：“花呀，花呀！你年年岁岁还有盛开之时，我什么时候才有出头之日？”声泪俱下。她刚一触摸花，花瓣立即收缩，绿叶卷起低下。哪想到，她摸的是含羞草。这时，被一宫娥看见。宫娥到处说，杨玉环和花比美，花儿都含羞低下了头。这件事传到明皇耳朵里，便喜出望外，当即宣杨玉环来见驾。杨玉环浓妆艳抹，梳妆打扮后觐见，明皇一见，果然美貌无比，便将杨玉环留在身旁侍候。杨玉环也因此获得了“羞花”的美称。

055～056

赞孙梦灵（二首）

（2013.01）

（一）

靓女名曰孙梦灵，
柔情美貌我来评。
明眸脉脉两秋水，
皓齿排排一春林。
体态犹如晨碧柳，
声音宛若夜风铃。
人间哪有斯尤物，
月里嫦娥偶驾临。

（二）

孙家靓女名梦灵，
貌美如花好性情。
面若红苹枝上挂，
眉如细月半空停。
朱唇未启先含笑，
莲步才抬已有型。
世上幽兰千百万，
独尊此朵最娉婷。

创作背景

2012年春季学期，我给2011级MBA集中二班学生上“公司财务管理学”这门课程。课堂上我展示了几首我创作的诗词，学生因之知道我有创作诗词的爱好。班上有一位女生叫孙梦灵，长得还挺水灵的。2012 年 6 月底，她的导师举行师门欢送毕业生的仪式。我正好也在隔壁包间举行我师门的欢送仪式。席间，两个包间的人互相串门道祝福，孙梦灵借机请求我给她写诗。因她是我刚刚教过的学生，在当时的那种氛围之下，我不好推脱，就一口应承了下来。后来一直拖到 2013 年元旦假期我才写成了这两首诗。写成之后，因她不在学校，又无联系方式，故无法交给她。直到 2013 年 6 月，她来学院参加她的毕业典礼，我才有机会交给她。现在这个学生在哪里安居乐业，过得好不好，我一无所知，因为我和她从来没有相互留下过任何的联系方式。

诗之意涵

（一）有一位美女名叫孙梦灵，她的柔情和美貌让我来评一评。明亮的眼睛含情脉脉，就像秋天的两潭湖水，清澈透明、甘洌怡人；洁白的牙齿整齐排列，就像春天的一片树林，春意盎然、清新醉人。轻盈的体态好比早晨被微风吹动的碧柳那样婀娜多姿，悦耳的声音就像夜间被轻风摆动的风铃一样美妙动人。人世间哪里有这么柔情美貌的女子？分明是月里嫦娥偶尔驾临人间而已。

（二）孙家有一位美女名叫梦灵，她不仅貌美如花，而且性情温良贤淑。她那红润的脸蛋就像挂在枝头上熟透了的红苹果，她那浓密的眉毛就像夜里停在半空中的弯弯的月亮。她尚未开口就先露出甜美的微笑，她才一抬步就已显出万千的仪态。世界上的美女千千万万，唯独她的性情最好、仪态最美。

诗之注释

“尤物”，指优异的人或物品，多指美女。宋代陆游散文《过小孤山大孤山》“过澎浪矶、小孤山，二山东西相望。……已非它山可拟，愈近愈秀，冬夏晴雨，姿态万变，信造化之尤物也。”清代孔尚任《桃花扇·却奁》：“世兄有福，消此尤物。”

“红苹”，指熟透了的红苹果。“细月”，又作“弯月”，指每月月初和月末的月亮。“朱唇”，指红色的嘴唇，形容貌美。“莲步”，指美女的脚步。

“幽兰”，指生长在幽深的山谷中的兰花，又作“空谷幽兰”，常用来比喻容貌姣好、神态优雅、性格恬静、品格高尚的人。清代刘鹗《老残游记续集遗稿》第五回：“空谷幽兰，真想不到这种地方，会有这样高人。”现代梁羽生《萍踪侠影录》第十八回：“她素来以貌美自负，而今见了这个少女，宛如空谷幽兰，既清且艳，顿觉自愧不如。”

057 哭林副

（2014.06）

噩耗传来似响雷，
惊得泪雨满天飞。
昨还把酒言国事，
怎就扔壶驾鹤归。
讲坛堪称是元老，
师德已然树丰碑。
如今你既仙游去，
论道谈经我找谁。

创作背景

2014 年 6 月 16 日早上，惊闻广西大学商学院副院长林元辉教授（简称“林副”）病逝，甚感悲痛。林副工作勤勉，待人热情，乐于助人，喜欢喝酒，与很多人成为酒友。自从到了广西大学商学院工作之后，我就经常和他在一起喝酒，做了将近 20 年的同事和酒友。他的仙逝对我震动很大，为了悼念他，我就写了这首诗。

诗之意涵

噩耗传来，就像晴天里听到一声响雷，惊得如雨的泪水漫天飞溅。前段时间还在一起喝酒畅谈国家大事，你怎么就扔掉酒壶驾鹤西归！在学院的教师队伍里你可以称得上是元老级的人物，在师德方面你为大家树立了一个丰碑。如今你已经仙游而去，今后再谈经论道我能够去找谁？

诗之注释

“噩耗”，凶信，多指人死的消息，也泛指坏消息。清代赵翼《哭蒋立崖之讣》诗：“噩耗传来梦亦惊，寝门为位泪泉倾。”

“驾鹤西去”，是死的婉称，意思是骑着鹤飞往天堂，是对死亡的一种避讳的说法。含有对死者的尊敬、祝福之意。中国古代常把鹤作为长寿的象征，还把离开尘世比作“驾鹤西去”。鹤作为一种吉祥的灵鸟，更是与神仙相伴，故有驾鹤西去、驾鹤西游、驾鹤西归、驾鹤仙游、驾鹤成仙等对于死的婉转说法。

058～059 赠“挑吃”小龙虾馆（二首）

（2015.09）

（一）

小小龙虾味何如，
请君听我来道出。
门还未进香先沁，
菜正跟前辣已扑。
吮口粗壳嘴真爽，
食条细肉心更舒。
佳肴到处都能找，
此地挑吃最诚服。

（二）

挑吃鸭脚田螺煲，
美味堪称绝世肴。
盖子一开香四溢，
神仙闻到也折腰。

创作背景

2015年春季学期，我给2014级MBA秋季双证周末一班的学生讲授“公司财务管理学”课程。班上有五个学生合伙在南宁市青秀区开了一家名为“挑吃”的小龙虾馆。他们邀请我前去品尝，并请我为他们的小龙虾馆题诗。我品尝之后酝酿了一段时日，终于写成了这两首诗。

诗之意涵

（一）小小的龙虾味道究竟如何呢？请大家听我慢慢地道来。门还没有进去，小龙虾的香味就已经沁人肺腑；菜正端到跟前，小龙虾的辣味就扑面而来。吮一口小龙虾的粗壳嘴巴辣得真爽，吃一条小龙虾的细肉心情变得更加舒畅。佳肴到处都能找得到，但这个地方的“挑吃”小龙虾最让人心悦诚服。

（二）“挑吃”小龙虾馆的鸭脚田螺煲，堪称冠绝当世的佳肴。盖子一开，香喷喷的味道就四下溢出来，要是神仙闻到也会弯下腰来尝它几口。

诗之注释

“沁”，这里形容沁人肺腑。“扑”，这里形容扑面而来。“诚服”，这里形容心悦诚服。

“绝世”，这里指冠绝当世。《汉书·外戚传上·孝武李夫人》：“北方有佳人，绝世而独立。”唐代钱起《送郢三落第还乡》诗：“郢客文章绝世稀，常嗟时命与心违。”明代凌濛初《初刻拍案惊奇》卷六：“夫人生得明艳绝世，名动京师。”清代吴敬梓《儒林外史·第三十四回》：“少卿兄，你真是绝世风流。”

“折腰”，一指弯腰行礼。二指崇敬、倾倒。如毛泽东《沁园春·雪》：“江山如此多娇，引无数英雄竞折腰。”三指屈身事人。如唐代李白《梦游天姥吟留别》：“安能摧眉折腰事权贵，使我不得开心颜。”我的这首诗里是指弯腰品尝。

060　获“全国先进会计工作者”荣誉称号感言

（2015.12）

五十有三获殊荣，
按理该当乐融融。
怎奈鸿鹄非此志，
仍将继续傲长空。

创作背景

2015年，财政部计划表彰50名“全国先进会计工作者”，广西只得到一个候选人的名额。广西财政厅组织全区14个地级市和各区直单位遴选上报候选人。我有幸作为广西大学的候选人报送到教育厅，教育厅组织评选之后，把我作为教育系统的候选人报送到财政厅。财政厅组织一个专家团队到厅里进行评选，专家第一轮投票的结果，我的得票数就超过半数，而且排名第一，于是，财政厅就把我作为广西的候选人报送到财政部。财政部审核公示后，发布正式的表彰文件，实际表彰49人，我是其中之一。2015年12月28日在北京国家会计学院参加表彰大会后，我写下了这首诗。

诗之意涵

五十三岁得到这份特殊的荣誉，按理应该快乐融洽。怎奈我的志向不止于此，仍将继续在事业的道路上奋力拼搏。

诗之注释

“殊荣”，指特殊的荣誉。

“融融”，和睦快乐的样子。

“傲”，这里指藐视、不屈，如傲然屹立、傲霜斗雪。

“长空”，辽阔的天空。

061 携爱徒六人雨中游黄姚古镇

（2017.07）

烟雨空濛看黄姚，
亦山亦水亦船篙。
小巷幽深藏古韵，
群芳伴我乐逍遥。

创作背景

2017年6月底，我被学院派往贺州市给一家公司员工做培训。借此机会，我安排我指导的六位硕士研究生到贺州市考察调研，在七月一日这天，我们去黄姚古镇考察民风、民俗和经济发展状况。这天恰逢下着细雨，我们就在雨中游览了一遍古镇风貌，别有一番情调。

诗之意涵

在烟雨茫茫、水雾蒙蒙中游览黄姚古镇，有山、有水、有船，还有撑船用的竹篙。小小的、幽深的巷子里藏着古朴的风韵，一群年轻的学生陪伴着我漫步在雨中的古镇里，多么的悠闲自在、怡然快乐。

诗之注释

“黄姚古镇”，位于广西壮族自治区贺州市昭平县的东北部，距离桂林约200公里，是一个现存完好的明清古镇。黄姚古镇方圆3.6公里，属喀斯特地貌，2007年被国家文物局列为第三批

“中国历史文化名镇”，2009 年被原国家旅游局批准为 4A 景区，2022 年被中华人民共和国文化和旅游部正式确定为国家 5A 级旅游景区。黄姚古镇发祥于宋朝年间，有着近 1000 年历史，自然景观有八大景二十四小景，保存有寺观庙祠 20 多座，亭台楼阁 10 多处，多为明清建筑。著名的景点有广西省工委旧址，古戏台，安乐寺等。

“烟雨”，指像烟雾一样的细雨。宋代苏轼《望江南·超然台作》词：“半壕春水一城花，烟雨暗千家。”

“空濛”，亦作“空蒙”，指迷茫貌、缥缈貌，也指缥缈、迷茫的境界。南朝齐谢朓《观朝雨》诗：“空蒙如薄雾，散漫似轻埃。”唐权德舆《桃源篇》诗：“渐入空蒙迷鸟道，宁知掩映有人家。”宋代苏轼《饮湖上初晴后雨》诗之一：“水光潋滟晴方好，山色空蒙雨亦奇。”

062 携爱徒八人游上林三里洋渡

（2017.07）

八仙伴我游上林，
三里洋渡波光粼。
两岸弯竹频俯首，
一河碧水总含情。
山峰翠绿如叠玉，
稻穗橘黄似串金。
霞客先贤留恋地，
吾今后辈仰其名。

创作背景

三里洋渡风景区，位于广西壮族自治区南宁市上林县，素有“小桂林”之美称。景区包括了上林县三里镇的大部分地区、澄泰乡洋渡村及附近村庄，属于喀斯特地貌，清水河和汇水河贯穿景区，坐船游览是主要的观光方式。景区内清水河沿岸有全国著名的唐碑《六合坚固大宅颂碑》和《智城碑》等多处文物古迹。明代大旅行家徐霞客曾到此留足观赏 54 天，并写下一万多字游记。他在《徐霞客游记》中称赞：“其山千百为群，或离或合，山虽小而变态特甚。”三里洋渡风景区依托独特的历史文化背景、优美的自然环境，集自然观光、农业观光、历史寻迹、科普教育于一身，成为广西南宁市重点旅游景区之一，2005 被评为广西首批生态农业旅游示范点。2017 年 7 月 7 日，我带着八位学生到那里考察观光，有感于其自然和人文景观的秀美，特赋此诗。

诗之意涵

八位学生伴我游览上林的三里洋渡，这里的清水河波光粼粼。我们坐着游船逆流而上，沿途两岸弯曲的竹子在微风的吹拂下频频向我们俯首，欢迎我们的到来；整条河碧绿清澈的流水总是脉脉含情地迎接我们。两岸的山峰翠绿得就像一块块叠放着的碧玉，稻田里橘黄的稻穗就像一串串悬挂着的黄金。这里曾经是先贤徐霞客的留恋之地，如今我们这些后辈都仰慕他的名望。

诗之注释

“波光”，指阳光或月光照在水波上反射过来的光。“粼粼”，形容水石明净。“波光粼粼”，形容波光明净。

“弯竹”，有的竹子长到一定高度后，顶部就会自然弯曲，故称“弯竹”。

“碧水”，即绿水。唐代李白《望天门山》诗：“天门中断楚江开，碧水东流至此回。两岸青山相对出，孤帆一片日边来。”唐代李白《早春寄王汉阳》诗：“碧水浩浩云茫茫，美人不来空断肠。”元代耶律楚材《复用前韵》诗：“门外回环皆碧水，亭中坐卧得青山。”元代戴表元《苕溪》诗：“碧水千塍共，青山一道斜。”（注：塍，读“chéng”，意为田间的土埂。）

“翠绿”，指像翡翠那样的绿色。“橘黄”，指比黄色略深如橘皮般的颜色。

“霞客先贤留恋地”，明代大旅行家徐霞客曾到此留足观赏54天，并写下一万多字游记，故可以将此地称为霞客先贤留恋地。

063～064

大学毕业三十周年聚会感言（二首）

（2017.07）

（一）

晃眼三十发已白，
而今聚首笑颜开。
提壶饮尽前尘事，
只话明朝喜乐来。

（二）

三十名利已随风，
富贵荣华梦幻中。
但使师生情永在，
来年聚会又相逢。

创作背景

2017年7月14日，大学同班同学在南宁举行毕业三十周年聚会，全班32个同学，除了少数几个因为某种原因无法参加外，其余都参加了，一共来了二十好几个人。有感于岁月匆匆、人生易老，我写了这两首诗。

诗之意涵

（一）晃眼间，大学毕业已经三十年，我的头发都已经变白了。如今大家来这里聚会，都笑逐颜开、高高兴兴的。提起酒壶，忘却以前那些凡尘琐事，只讨论以后怎么样生活才能更加健康快乐。

（二）大学毕业三十年了，让那些名利思想都随风飘逝吧，所谓的荣华富贵不过是梦幻中的东西。只要我们师生情义永远不变，来年聚会我们又可以相逢。

诗之注释

“提壶”，原指鸟名，即鹈鹕。这里指“提起酒壶”。

“饮尽”，喝完、喝光，这里指“忘却”。

“随风”，任凭风吹而不由自主。这里指随风飘逝。

065～074 与善嵩、雄光隔空对饮微信斗诗（十首）

（2017.07）

创作背景

2017 年 7 月 30 日晚上，我一个人独自在家边看电视边喝酒，偶尔翻看高中班级微信群，看到王善嵩同学连发三首诗，第一首是在我面前自谦的诗，第二首是醉酒的诗，第三首是抒发豪气的诗。我看了他的这三首诗后，一时兴起，就在微信群里与他斗起诗来，后来黄雄光同学也加入了进来。

王善嵩的自谦诗："古文未曾读三篇，满口之乎者也言。拖刀杀人关公面，弄斧削木鲁班前。嫩鸟岂知天高远，虾米不识海无边。高手轻易不言语，小巫自来称神仙。拜读德洪诗作后，始知自身学太浅。唐诗宋词细品读，格律平仄苦钻研。不再王婆瓜自大，莫若井蛙坐观天。若得同学多指教，阿四感激泪涟涟。"

王善嵩的醉酒诗："老夫喝酒成酒仙，朝晚枕席店堂前。三盅推盏日不醒，一杯下肚夜无眠。醉时无悔真言语，醒后犹忆意缠绵。酒中若有真情在，醉生梦死心亦甜。"

王善嵩的豪气诗："英雄自古豪气云，剑洒热血酒自温，砍头只当平常事，丹青照汗印无吟。"

（一）

独自饮酒在家里，
总被善嵩来撩起。
敢叫兄弟遥举杯，
喝到天光也陪你。

这时，班群里有同学发一些微信，感叹人与人之间由于三观，即世界观、人生观和价值观不一致而产生了争论，相处都难，何况相交？就有同学说，三观不一致也没有关系，都是一个班的同学，大家互相理解、互相尊重就行。看到大家的观点，我回应了下面这首诗。

（二）

三观不一莫交流，
交流必然是顶牛。
顶牛容易伤和气，
损害身体何时休。

班群里静默一阵子之后，黄雄光加入，诗曰："酒足饭饱看班群，乍看德洪出怨言。又逢韦兄把词出，幸遇善嵩把诗还。往日群内多才子，今晚怎甘尽悄然。"我用下面这首诗回应他。

（三）

雄光终于忍不住，
出口成章把情吐。
前日频发心中语，
同窗之谊尽表露。

这时，王善嵩发上来了一首忧愁诗："写诗只因心中愁，无尽烦恼无尽忧。若能饮尽杯中事，何必烈酒再入喉。"我用下面这首诗劝慰他。

（四）

写诗未必心中愁，
倘若开怀何是忧。
饮尽樽前无奈事，
再来三斤也入喉。

我发了上面这首诗之后，班群里又是一阵静默，于是，我又发了下面这首诗调侃王善嵩。

（五）

善嵩已醉枕店前，
很久没听你发言。
或许忙来不顾我，
杯中未必有两钱。

这时，黄雄光发来了砍笋诗："融安甜笋正当时，十分钟砍三十几。若过半月笋老了，再想去砍有点迟。"

王善嵩也回应了我的调侃："杯中不应有两钱，桌上情浓酒再添。总会夜半相携醉，月落星稀五更眠。"我就接着他的末句，回了下面这首诗。

（六）

月落星稀五更眠，
从来酒鬼醉绵绵。
明朝醒来谁与问，
告他当了活神仙。

接着，黄雄光发来了去他那里喝六蛇酒的邀请："融安有个黄雄光，热情好客又豪爽。六蛇浸泡酒一坛，只等兄弟来品尝。"我积极地用下面这首诗回应他。

（七）

雄光六蛇酒一坛，
哪日方能去品尝。
莫待空余坛一个，
仍没机会赴融安。

黄雄光当即就回应我："德洪兄弟你莫惊，若来融安告一声。六蛇酒坛如是空，还有葡萄配阳春。"我也当即用下面这首诗回应他。

（八）

雄光兄弟我不惊，
你那酒坛要当心。
哪日光临贵宝地，
喝它五六七八斤。

诗吟到这里，已经是深夜，王善嵩和黄雄光都不再发声，我估计他们是喝得差不多了，就发下面这首诗试探他们。

（九）

酒未空瓶杯未停，
善嵩已醉无力迎。
他日等你回邕住，
陪我晕乎到天明。

这首诗发出一阵子后，依然没有人回应，我就再发下面这首，结束这个晚上的隔空对饮微信斗诗活动。

（十）

酒未喝干夜阑珊，
频抒胸臆无人还。
端杯自问谁能比，
夜半独酌我正酣。

（一）一个人独自在家喝酒，酒兴和诗兴都被善嵩的三首诗撩起来了。敢叫兄弟在遥远的地方举起酒杯，就是喝到明天天亮我也陪你喝。

（二）世界观、人生观、价值观不一致的人最好不要互相交流，互相交流就一定会争论不休。争论不休不仅会伤了大家的和气，而且还会使自己的身体受到无休止的损害。

（三）雄光看到我和善嵩隔空对饮微信吟诗，终于忍不住加入进来，出口成章地把情感吐露出来。前些日子在班群里经常说一些心里话，把同学之情表露得一览无遗。

（四）写诗不一定是心中有了忧愁，倘若心胸开朗、心情愉快，哪里会有什么忧愁？让我们举起酒杯，忘记过去那些无奈的事情，再来三斤酒也要把它喝光。

（五）善嵩已经醉卧在酒店前面了吗？很久不见你在群里发言。或许是你正在忙着招呼身边的人而顾不上理我，但你的酒杯里未必有两钱重的酒。

（六）月落星稀，到了五更天就睡觉吧，从来酒鬼都是醉绵绵的。明天早晨醒来谁要是问你昨晚喝得怎么样，你就告诉他，你当了一回活神仙。

（七）雄光有一坛用六种蛇浸泡而成的酒，哪一天才能去品尝它呢？不要等到只剩下一个空酒坛的时候都还没有机会到融安县雄光兄弟那里。

（八）雄光兄弟，我不担心，但你那个酒坛要当心。哪一天我去到你那个风水宝地，我要喝它五六七八斤。

（九）我的酒瓶还没有空，酒杯也还没有停，但善嵩已经喝醉，没有能力来陪我了。改天等你回南宁居住的时候，你一定要陪我喝到天亮。

（十）酒还没有喝干，但夜已经很深，我不断地抒发内心情感都没有人回应。端起酒杯自己问自己，谁能够比得上我？深更半夜一个人还在酣畅淋漓地喝酒。

诗之注释

“顶牛”，有两种词义：一是指骨牌的一种玩法，二是比喻争持不下或互相冲突。我这首诗取第二种词义。

“两钱”，指两钱重。中国市制中有用“钱”来作为重量的一种计量单位，1 钱 =0.1 两 =5 克。“杯中未必有两钱”是调侃王善嵩的杯子里也许都没有两钱重的酒，暗喻他不胜酒力、不能陪我喝了。

“阑珊”，主要有四种词义：一是指衰减、消沉；二是指暗淡、零落；三是指衰残、将尽；四是指零乱、歪斜。我这首诗取“将尽”之意，形容夜已经很深。

“胸臆”，主要有四种词义。第一，指胸部、躯干的一部分。如汉代焦赣《易林·屯之旅》：“双凫俱飞，欲归稻食，经涉萑泽，为矢所射，伤我胸臆。”第二，指内心、心中所藏。如唐代杜甫《别赞上人》诗：“异县逢旧友，初忻写胸臆。”现代臧克家《京华练笔三十年》：“我将读古诗，读新诗的一些想法和看法，直抒胸臆地说出来。”第三，指胸襟和气度。如宋代王安石《寄赠胡先生》诗：“先生天下豪杰魁，胸臆广博天所开。”第四，指臆测。如宋代司马光《涑水记闻》卷二：“知州某性褊急，数以胸臆决事，不当。”我这首诗取第二种词义。

075 夜间独酌感怀

（2017.08）

电视机前夜独斟，
一斤下肚脑昏沉。
抬头窗外灯棋布，
俯首杯中意气升。
眼望荧屏皆幻影，
心说万物俱失真。
多情自古空余恨，
断水抽刀最销魂。

创作背景

2017 年春季学期，我一共给 7 个班的学生教授不完全相同的课程。期末我提交成绩后，有一个本科班的学生在学校教务系统中看到了她的成绩不及格，担心影响她出国留学，就质疑我评定成绩的合理性，向教务处提出书面申诉，要求我拿出成绩评定的依据。当我拿出成绩评定依据并经受住教务处的检验之后，该学生又提出在暑假里给她提前补考。在暑假里单独给一个学生提前补考，这不符合学校的相关规定。几经周折，这个学生才得到批准，提前在暑假里补考。这个事件让我在整个暑假里烦恼不已，也让我对世间的一些事情产生了疑问和思考。我自认为自己是一个全身充满正能量、对教学工作一丝不苟的人，在这个暑假里却遭遇这种无端的烦恼，内心感到很憋屈。于是，2017 年 8 月 13

日的晚上，我在酒后写下了这首诗。

诗之意涵

晚上一个人在电视机前自斟自饮，一斤酒下肚后，脑袋就变得昏昏沉沉的了。抬起头看着窗外东校园高层宿舍楼，那里的灯光像棋盘上的棋子一样有规则地分布着；低下头看着杯中的酒，我内心因遭遇无端烦恼而产生的愤懑情绪就像杯里的酒气一样不断地升腾着。眼睛望向电视机的荧屏，那里是一片幻影；心里在说，世间万物都失去了真实。自古以来，感情很丰富、投入感情很多的人都只会留下遗憾，还是借酒消愁才能让人感到最销魂。

诗之注释

“灯棋布”，形容灯光像棋盘上的棋子一样有规则地分布，来源于成语“星罗棋布”。星罗棋布，意思是像天空中的星星和棋盘上的棋子一样罗列、分布着，形容数量众多、散布的范围很广。

“意气”，主要有八种词义。第一，指志向与气概。如清代侯方域《送何子归金陵序》：“是时余与何子方少年，意气甚锐。”第二，指精神、神色。如《史记·李将军列传》：“会日暮，吏士皆无人色，而广意气自如。”第三，指志趣。如唐代杜甫《赠王二十四侍御契四十韵》：“由来意气合，直取性情真。”第四，指情谊、恩义。如清代邵长蘅《沛县官舍留别杨简庵表兄》诗：“感君意气与君好，流连累月开怀抱。”第五，指气象。如汉代班固《白虎通·朝聘》：“朝贺以正月何？岁首意气改新，欲长相保，重本正始也。”第六，指馈送财礼。如汉代王符《潜夫论·爱日》：“百姓废农桑，而趋府庭者，非朝晡不得通，非意气不得见。”第七，指情绪。如元代白朴《墙头马上》第四折：“我心中意气怎消除？”现代曹禺《日出》第一幕：“这是你的真心话，没有一点意气作用么？”第八，指文学与艺术作品的气势。如宋代欧阳修《黄梦升墓志铭》：乃肯出其文。读之，博辩雄伟，意气奔放，犹不可御。”我这首诗取第七种词义。

“多情自古空余恨”出自清代魏秀仁《花月痕·第十五回诗》，意思是自古以来，感情很丰富、投入感情很多的人都只会留下遗憾。全诗为：“多情自古空余恨，好梦由来最易醒。岂是拈花难解脱，可怜飞絮太飘零。香巢乍结鸳鸯社，新句犹书翡翠屏。不为别离肠已断，泪痕也满旧衫青。”

“断水抽刀”，是化用唐代李白《宣州谢朓楼饯别校书叔云》中的诗句“抽刀断水水更流，举杯消愁愁更愁”，意思是：抽出宝刀想去砍流水，水不但没有被斩断，反而流得更湍急了；举起酒杯痛饮想借以消去烦忧，结果反倒愁上加愁。“断水抽刀”实际上是取李白诗句“举杯消愁”的意思。为什么写成“断水抽刀最销魂”而不写成“举杯消愁最销魂”或者“借酒消愁最销魂”，是出于平仄和美感、意境的考虑。李白《宣州谢朓楼饯别校书叔云》全诗为：“弃我去者，昨日之日不可留；乱我心者，今日之日多烦忧。长风万里送秋雁，对此可以酣高楼。蓬莱文章建安骨，中间小谢又清发。俱怀逸兴壮思飞，欲上青天览明月。抽刀断水水更流，举杯消愁愁更愁。人生在世不称意，明朝散发弄扁舟。”

076 回应韦陈约诗

（2017.08）

韦陈要我来写诗，
未有佳词不敢题。
但等才思喷涌日，
渠成水到话君知。

创作背景

韦陈是我高中同班同学。2017 年 8 月 14 日，她在班级微信群说很久不见我在群里写诗了，呼吁我和王善嵩等人在群里写诗，我就写了这首诗回应她。

诗之意涵

韦陈要我来写诗，但我暂时没有好的词句不敢写。等到我有了灵感、才思喷涌的那一天，写诗自然是水到渠成的事，到那时我再告诉你。

诗之注释

“题”，这里指写。

“才思喷涌”，化用“思若涌泉”和“才思泉涌”这两个成语，指才思好像泉水一样喷涌出来。形容才思开阔敏捷。

“渠成水到”，化用成语“水到渠成”，指水一流到，沟渠自然形成。比喻条件成熟，事情自然成功。

077 八爱徒参加全国学术会议寄语

（2017.12）

踌躇满志赴羊城，
胆壮心雄秀青春。
纵有全国诸大佬，
何缺我校众无闻。
从来后浪推前浪，
自古新人换旧人。
欲览群山皆是小，
通天路上勇攀登。

创作背景

2017年12月2日至3日，中国会计学会财务管理专业委员会2017年学术年会在中山大学南方学院召开。我的学生潘佳佳、容奕华、张迪迪、蔡静妮等八人向会议投了论文，均获邀参会。其中潘佳佳、容奕华、张迪迪、蔡静妮四位还获得了在会上报告自己论文的机会。她们向全国财务管理学界展现了我校硕士研究生的风采。为表扬她们对师门的贡献，特作此诗勉励之。

诗之意涵

心满意足、从容自得地奔赴羊城广州，胆子大、有雄心，无所畏惧地去展示你们的青春风采。就算有全国众多的学术大家在那里，又怎么少得了我们学校这些默默无闻的学术雏鹰呢？从来后浪都要推着前浪，自古新人都要替换旧人。要想达到一览众山小的境界，就要在通往天空的山路上奋勇攀登。

诗之注释

“踌躇满志”，形容心满意足、从容自得或十分得意的样子。出自《庄子·养生主》:“提刀而立，为之四顾，为之踌躇满志。”

“胆壮心雄”，形容胆子大，有雄心，做事无所畏惧。出自《中国歌谣资料·当兵要当红军》:“十七十八正年青，当兵就要当红军，胆壮心雄志愿大，红军到处受欢迎。”

“欲览群山皆是小”，是化用唐代杜甫《望岳》中的诗句:“会当凌绝顶，一览众山小”，意思是定要登上泰山顶峰，俯瞰群山豪情满怀。杜甫《望岳》全诗为:“岱宗夫如何，齐鲁青未了。造化钟神秀，阴阳割昏晓。荡胸生层云，决眦入归鸟。会当凌绝顶，一览众山小。”

078　凌晨独饮伤怀

（2017.12）

凌晨独饮意难平，
欲诉情怀问谁听。
少小年华多苦难，
中期岁月更艰辛。
生活重担还犹可，
事业强压才不轻。
幸有门徒双百号，
时常给我送温馨。

创作背景

2017 年 12 月 3 日，我在广州参加完中国会计学会财务管理专业委员会 2017 年学术年会后，于傍晚搭乘广州至南宁的动车回家，回到家已经将近晚上 10 点钟了。我煮了面条，一边看电视，一边就着面条喝酒。喝到次日凌晨 0 点以后，受电视的剧情感染，想到自己少年时的苦难、青年时的困顿和中年时的艰辛，百感交集，当即写下这首诗。

诗之意涵

凌晨独自在家饮酒，心情难以平复，想诉说自己的充满某种感情的心境却没有人愿意倾听。少年时期经历了太多的苦难，中年时期日子也过得十分艰辛。生活的重担尚且还能够挑得起来，事业的强压才使人感到非常沉重。幸好还有两百名硕士研究生，他们中的一些人经常关心我、问候我、逗我开心。

诗之注释

“意”，原指意思、心愿、思想、胸怀、感情等，这里引申为心情。

“情怀”，指充满某种感情的心境。

“门徒”，原指学生、弟子，这里特指我的硕士研究生。

079
～
080

中山路宵夜
与善嵩微信对诗（二首）

（2017.12）

创作背景

2017 年 12 月 6 日晚上，我与朋友在南宁中山路的夜市吃夜宵，因朋友不喝酒，我一个人喝得索然无味，于是就微信邀约王善嵩同学，即兴给他发去了下面这首诗，希望他能够出来陪我喝到尽兴。

（一）

中山路上灯火明，
烤串飘香酒温馨。
若有高朋添雅兴，
前来对饮我相迎。

王善嵩同学看到后，也用微信回复了我一首诗："浓雾半天月半明，肉味酒香满城馨。阑珊情真虽有兴，奈何路远难相迎。"我看了他的微信后，也不勉强他，就给他回复下面这首诗结束当晚的对诗。

（二）

路远更深且莫来，
寻思改日与君筛。

无须菜肴多美味，
但有佳酿乐开怀。

诗之意涵

（一）中山路上灯火通明，烤串飘着香味，酒也温暖馨香。如果有哪一位好朋友有雅兴前来和我对饮，我一定会热情迎接。

（二）路远更深就不要来了，我寻思着改天再和你喝。不需要菜肴有多么的美味，只要有好酒我就乐开怀了。

诗之注释

南宁市中山路是全国都很出名的小吃一条街，历史悠久，美食众多，是南宁人宵夜最喜欢去的地方，也是到南宁旅游的朋友必去的地方。从南宁传统的小吃，芋头糕、卷筒粉、粉饺、油条、烧烤、田螺、海鲜、酸野、水果、凉茶、鲜榨果汁、花生糊、芝麻糊、汤圆、馄饨、牛肉丸、八珍伊面、老友粉、小炒，到武汉的鸭脖、香港的钵仔糕、北京的炒板栗、云南的汽锅鸡、台湾的大肠包小肠、蚵仔煎等，应有尽有，美味异常。南宁市中山路也被誉为南方“香港小吃街”，自从中国东盟博览会在南宁永久落户后，中山路更是荟萃了东盟十国的特色小吃。

“高朋”，一是指贵宾，二是指好朋友。

“寻思”，指想，思考。

“筛”，一是指用竹子或金属等做成的一种有孔的器具，可以把细东西漏下去，粗的留下，称“筛子”。二是指斟酒、喝酒。三是指敲。这首诗取第二种字义。

081 家中自饮伤怀

（2017.12）

一人自饮在家中，
四顾虚无眼朦胧。
少小离家为耀祖，
而今归去岂光宗。
曾经梦幻非常美，
最后结局总是空。
既然尘缘天注定，
何须日夜想西东。

创作背景

写这首诗的前后那段时间，我经常莫名地伤感，总有一种自己想要实现的东西没有办法实现得了的挫败感。回想自己参加工作之后的种种经历和努力，我感觉到自己的理想和抱负总是离自己远远的，无论我怎么努力，它都可望而不可即，由此就产生了“躺平”的想法。这首诗正是在这样的心理状态下写成的。

诗之意涵

一个人独自在家中饮酒，醉眼朦胧地环顾四周，感觉什么都没有。年少的时候离家读书、工作，目的是将来能够光宗耀祖，而现在一事无成，回去岂能达到年少时的目的？曾经的那些梦幻都是很美好的，到头来却总是一场空。既然命中注定你就是这样的，又何必成天想那些你命里没有的东西！

诗之注释

“少小”，指年少时。唐代贺知章《回乡偶书二首·其一》诗：“少小离家老大回，乡音无改鬓毛衰。儿童相见不相识，笑问客从何处来。”

“尘缘”，佛教称尘世间的色、声、香、味、触、法为“六尘”，人心与“六尘”有缘分，受其拖累，叫做尘缘，泛指世俗的缘分。

082 和善嵩《与德洪共酌有感》诗

（2017.12）

本是善嵩约德洪，
德洪反转请善嵩。
佳肴味美情真切，
好酒香醇意厚浓。
碗筷杯瓶端手里，
忠良孝悌记心中。
娇眉侍坐来把盏，
畅快淋漓两朦胧。

创作背景

王善嵩同学早几日就约我一起喝酒，2017 年 12 月 8 日这一天，正好我几个学生安排好了一次小聚，我便邀请王善嵩一起参与。酒后回家不久，王善嵩就给我发来了一首题为《与德洪共酌有感》的诗，描述当晚小聚的情景。其诗曰：“备宴邀约韦德洪，如期应约王善嵩。落座三杯气氛好，小菜两碟情意浓。少年艰辛说村事，同学情深话宾中。月上梢头三更至，相欢归去各朦胧。”我读后颇有感触，次日就和诗一首。

诗之意涵

本来是善嵩约请德洪的，德洪反过来邀请了善嵩。佳肴的味道很美，同窗的感情很真切；好酒的香味很醇，同学的情谊很浓厚。碗筷杯瓶端在手里，忠诚善良、孝敬关爱则记在心中。年轻人坐在旁边帮着倒酒，我们喝得畅快淋漓、醉意朦胧。

诗之注释

“忠良”，指忠诚善良或忠诚善良的人。

“孝悌”，指孝敬父母、关爱兄弟姐妹。

“侍坐”，一是指在尊长旁边陪坐；二是指尊长坐着，自己站着。

“把盏”，指宴席上端着酒壶给人斟酒、敬酒。唐代罗隐《雪中怀友人》诗：“所思谁把盏，端坐恨无航。”

083 为杨海燕入选全国会计领军人才而题

（2018.01）

扬名八桂已多时，
海量才情业内知。
燕雀焉能担大任，
鸿鹄方可站高枝。
人活百岁须明志，
事做千年未有弛。
但盼群贤皆努力，
师门愿景共编织。

创作背景

2007 年，财政部发布了《全国会计领军（后备）人才培养十年规划》，提出要在全国范围内，有计划地按照企业类、行政事业类、注册会计师类、学术类 4 类，争取用 10 年左右的时间，培养 1000 名左右会计领军人才，担负会计行业的领军重任。2017 年，杨海燕报名参加学术类的培养对象选拔，经过中国会计学会（受财政部委托）的严格审核、考试、考核，终于从众多的参选者当中脱颖而出，成为 33 名入选者之一。为表彰她为师门作出的表率，我特意为她写了这首藏头诗。

诗之意涵

好的名声在广西会计界传播已经很多年了，像海水一样多的才思、才华在广西会计界也已广为人知。胸无大志的人（燕雀）怎么能够担当大任？只有志向远大的人（鸿鹄）才能站到高处。一个人活到一百岁必须要有明确的志向，不然就白活了；一件事哪怕要做一千年才能做成也不要有所松弛，不然就前功尽弃了。只希望师门里的每一个人都努力，共同来编织师门美好的愿景。

诗之注释

“扬名”，指传播好的名声。

“八桂”，原指桂林，后代指广西。

“海量”，主要有三种词义。第一，指很大的酒量。元代耶律楚材《题平阳李君实吟醉轩》诗：“长鲸海量嫌甜酒，彩笔天才笑小诗。”现代姚雪垠《李自成》第一卷第十四章：“这天中午，李过在筵席上放开海量，同黑虎星和众头目猜枚划拳，开怀畅饮，直吃到红日西斜。”第二，指宽宏的度量。元代关汉卿《谢天香》第二折：“当时嘲拨无拦当，乞相公宽洪海量，怎不的仔细参详。”清代洪楝园《后南柯·立约》：“为议和一事，请殿下海量包涵，勿加苛责。”第三，泛指容量或数量很大，即像海水一样多的容量或数量。我这首诗取第三种词义。

“才情”，指才思，才华。

“弛”，指放松，松懈。

084 给中科曙光董事长张爱萍拜年

（2018.01）

张灯结彩过新年，
爱贺亲朋挂嘴边。
萍水相逢八桂地，
红尘偶遇广西天。
中科事业多兴旺，
曙光前程少绊牵。
待到宏图大展日，
鲜花绽放满人间。

创作背景

张爱萍是广西中科曙光云计算有限公司的董事长。2017 年，我因参与一项公务活动而与之有一面之缘，并按照社交礼仪互相添加了微信。2018 年春节即将来临之际，我写了这首藏头诗给她微信拜年。过年之后偶尔有过几次微信联系，再之后就没有任何联系了，至今不知所踪。

诗之意涵

到处张灯结彩准备过新年，真诚祝贺亲朋好友的话常挂在嘴边。我与你萍水相逢在八桂大地，红尘里偶遇在广西这片天空。祝愿中科曙光的事业很兴旺，前程很顺利。等到你宏图大展的那一天，各种鲜花都绽放开来铺满人间。

诗之注释

“中科曙光”，“中科”，“曙光”，均指广西中科曙光云计算有限公司。

“萍水相逢”，原意是浮萍因水而四处流荡，聚散不定。比喻两个人本来素不相识，因机缘巧合偶然相逢。唐代王勃《滕王阁序》：“关山难越，谁悲失路之人。萍水相逢，尽是他乡之客。”后人据此提炼为成语“萍水相逢”。

“红尘偶遇”，指人世间偶然相遇。

“绊牵”，指牵绊，意思是纠缠使不能脱开。“少绊牵”，比喻没有遇到困难，很顺利。

085 为燕莉翠芸四人之花间合影而题

（2018.02）

花间四美展娇容，
笑靥虽冬春意浓。
若上瑶台数仙女，
双双已落凡尘中。

创作背景

2018年2月7日，我带着四位学生外出调研，期间到了一个农业产业园参观，那里简直是一个油菜花的海洋。四位学生兴高采烈地照了很多美照，我为其中的一张四人花间合影题了这首诗。

诗之意涵

花丛中四位美女在展示着她们娇嫩的容颜，如花的笑脸虽然是在冬天，但却散发出浓浓的春意，让人如沐春风。要是上到瑶台去清点那里的仙女，你一定会发现有四个已经落在了凡尘之中，她们正站在花丛中合影留念呢。

诗之注释

“笑靥”，原指笑脸，现泛指美女的笑脸。

“瑶台”，指传说中神仙居住的地方。

“双双”，成双成对地，这里指四个学生。

086 贺 2018 农历狗年

（2018.02）

神州大地喜洋洋，
万众同欢纳瑞祥。
金鸡报晓才停住，
旺犬迎春就吠场。
时代更新重展翅，
初心不忘又翱翔。
全民共筑强国梦，
阔步征程斗志昂。

创作背景

这首诗没有特殊的创作背景，是 2018 年 2 月 16 日大年初一时，我为了庆贺农历狗年而专门写的新年贺词。

诗之意涵

中华大地到处喜气洋洋，万众同欢享受着吉祥。农历鸡年才刚刚过去，农历狗年就欢快地到来。时代更新了要重新展开翅膀，初心不忘又要开始翱翔。全国人民共同浇筑强国的梦想，斗志昂扬地阔步迈向新的征程。

诗之注释

“神州”，是中国的别称；“神州大地”，指中华大地。

“瑞祥”，指吉祥。

087～088 戊戌年正月初六夜家中独酌抒怀（二首）

（2018.02）

（一）

酒壮雄心饮几杯，
春节度假已归回。
航标又立将开启，
好梦重温再创辉。
百岁人生逐步走，
千秋伟业按年推。
欢欣进入新时代，
快乐前行用谁催。

（二）

本想轻酌却半斤，
豪情万丈兴难停。
今生幸遇新时代，
乐业安居享太平。

创作背景

2018 年 2 月 21 日，农历戊戌年正月初六晚上，我在家一边喝酒一边看电视，受电视节目中一些振奋人心的话语和场景的感染，再联想到党的十九大刚刚开过不久，全国上下都充满着昂扬的革命斗志，决心高举习近平新时代中国特色社会主义思想伟大旗帜，不忘初心，牢记使命，决胜全面建成小康社会，夺取新时代中国特色社会主义伟大胜利，为实现中华民族伟大复兴的中国梦不懈奋斗。想到这些，我就心潮澎湃、豪情满怀，当即吟诵了这两首诗。

诗之意涵

（一）为了让酒壮大我的雄心，我喝了几杯，春节回农村老家探亲度假已经回到了学校。事业的航船树立了新的航标马上就要启航，美好的梦想重新作了描绘准备再创辉煌。一百岁的人生是一步一步踏踏实实地走出来的，一千年的伟业也要逐年逐年坚韧不拔地向前推进。欢快欣喜地进入了新的时代，快乐地向前迈进就不要用谁来催了。

（二）本来想轻轻地酌一下却喝了半斤，只因为豪情万丈，兴致难以停下。这辈子很幸运地赶上了新时代，安居乐业享受这太平盛世吧！

诗之注释

“航标”，指党的十九大确立的奋斗目标。

“好梦”，指美好的中国梦。

“重温”，原指对往事的重新回忆，这里指重新描绘。

“按年推”，指按年来推进。

“新时代”，指中国共产党第十九次全国代表大会报告中提出的中国特色社会主义新时代。

089 元宵节抒怀

（2018.03）

欢天喜地闹元宵，
亿万军民乐慆慆。
改革红利真丰硕，
发展成果令人骄。
和谐社会全球羡，
富强国家世界吆。
美好生活齐奋斗，
直奔既定新航标。

创作背景

2018 年 3 月 2 日是元宵佳节，我在家一边看中央电视台的元宵晚会，一边小酌几杯。晚会里欢庆的场景和主持人慷慨激昂的主持语频频地感染着我。我一方面感慨于祖国的繁荣昌盛、太平祥和，另一方面又为自己能够生活在这样的国度里而感到骄傲自豪。轻酌之间，提笔写下了这首诗。

诗之意涵

中央电视台正在欢天喜地地闹元宵，全国亿万军民非常开心喜悦。国家改革的红利真的很丰硕，发展成果也令人感到骄傲。中国和谐的社会受到了全世界的羡慕，富强的中国也让全世界为之喝彩。美好的生活大家一起来奋斗，直接奔向已经确立的新的奋斗目标。

诗之注释

“慆”，指喜悦；“慆慆”，指长久；“乐慆慆”，原指长久的喜悦，这里形容很快乐的样子。

“吆”，原指大声喊，这里引申为喝彩。

090　和善嵩《夜欢小酌》诗

（2018.05）

昨夜赴约湘菜楼，
四男三女在兴头。
对酒高歌豪气壮，
依人细语笑声柔。
心宽体健该当喜，
斗转星移何必忧。
旧友新朋常欢聚，
扬脖饮尽世间愁。

创作背景

2018 年 5 月 12 日，早上起床，在班级微信群里看到了王善嵩同学一大早发表的新诗《夜欢小酌》：“夜欢小酌玉娇楼，十八红妆对白头。捧茶浅笑如春暖，奉酒凝眸似水柔。杯尽扪心梨带雨，宴罢抚琴曲添忧。堪叹青春年老去，依窗望月几多愁。”吟罢略感哀伤，真遗憾昨晚因事先另有他约而不能与之畅饮。为表憾意，特和诗一首。

诗之意涵

昨夜到一家主营湘菜的酒楼去赴约，四男三女边喝边聊正在兴头上。对酒高歌的时候豪气非常雄壮，紧挨着小声说话的时候笑声很轻柔。只要心情舒畅、身体健康就是一件值得高兴的事，斗转星移那是自然规律，你又何必为它而担忧呢？旧友新朋经常欢聚，仰起脖子把这人世间的忧愁一口喝光。

诗之注释

“湘菜楼”，指一家以经营湖南菜系为主的酒楼。

“豪气壮”，指豪气很雄壮。

“笑声柔”，指笑声很轻柔。

“心宽”，指宽心，放心，胸襟宽宏。

“体健”，指身体健康、健壮。

“斗转星移”，指北斗转换了方向，星辰移动了位置，形容时间流逝，岁月变迁。斗：北斗星；星：星辰。北斗七星围绕北极星自东向西转的自然规律，被我国古代的星象学家形象地称为“斗转星移”，而通过“斗转星移”的自然规律，人们能够判断季节和节气时间。我国民间流传的谚语：“斗柄指东，天下皆春；斗柄指南，天下皆夏；斗柄指西，天下皆秋；斗柄指北，天下皆冬。”意思就是说，春天的晚上，北斗星的斗柄朝东；夏天的晚上，北斗星的斗柄朝南；秋天的晚上，北斗星的斗柄朝西；冬天的晚上，北斗星的斗柄朝北。

“扬脖”，指仰起脖子。

“世间愁”，指人世间的忧愁。

091
～
093

为杨海燕再赴澳洲访学而题（三首）

（2018.07 ～ 08）

（一）

再渡重洋赴澳洲，
心存宏愿创新收。
英文训练甭停步，
学术钻研莫罢休。
著名期刊出大作，
前沿领域有深究。
明年满载而归日，
声望昭彰盖九州。

（二）

扬声直去越重洋，
海阔天空报平安。
燕雀翻飞难万里，
鸿鹄展翅易千关。
兼收并蓄成大器，
内外双修著华章。
盼我英才得正果，
师门上下俱荣光。

（三）

此去征程万里遥，
平安快乐是为高。
餐餐有味时时暖，
事事无难日日逍。
夜夜祥和得好梦，
天天喜庆待明朝。
心宽体健容颜美，
再引群雄竞折腰。

创作背景

2015 年 8 月至 2015 年 12 月，杨海燕得到国家留学基金委员会的资助到澳大利亚昆士兰科技大学访问学习。2017 年，学校出台了一项新的规定，即：今后副教授要晋升教授，必须有一年的海外留学经历，否则就不得晋升。因为这项规定，杨海燕再一次出国访学。几经比较，她最后还是决定再赴澳洲，去了澳大利亚昆士兰科技大学。

诗之意涵

（一）再一次远渡重洋去澳大利亚访学，希望你心里要有宏大的愿望去创造新的收获。对英文的训练不要轻易停下，对学术的钻研也不要轻言罢休。争取在国内外著名的期刊上发表大作，在学术的前沿领域要有更深的研究。等到明年满载而归的时候，希望你显著的声望超过华夏大地的其他人。

（二）高声直去跨越重洋，飞越广阔的大海，穿过空旷的天空，到了那边后一定要报个平安。燕雀再怎么翻飞也难达到万里之外，鸿鹄只要一展翅就很容易跨越千关（比喻胸无大志的人永远成不了什么大事，只有志向远大的人才能成就一番事业）。希望你兼收并蓄，将来成为能够担当大任的人，内外双修写出高水平的文章。盼望我师门里你这个才智杰出的人能够学有大成、取得优秀的学术成果，让师门上下都为你而感到荣光。

（三）这一次去访学的征程有万里之遥，平安快乐才是最重要的。餐餐都要吃得津津有味，时时都要穿得温暖；事事都不难做，日日都很逍遥快活。夜夜都吉祥和睦睡得好觉，天天都喜庆地等待明天的到来。心情舒畅、身体健康、容颜美丽，明年回来后再一次引得各路英才争相为你的才貌而倾倒。

诗之注释

“澳洲”，是中国人对澳大利亚的别称。

“宏愿”，指宏大的愿望，宏伟的抱负。

“新收”，指新的收获，这里特指在学问、知识方面新的收获。

“罢休”，指停止。

“大作”，指好的文章。

“深究”，指深入的研究。

“昭彰”，指昭著，显著。

“盖”，这里指超过。

“九州”，中国的别称，又名汉地、中土、神州，九州为冀州、兖州、青州、徐州、扬州、荆州、豫州、梁州、雍州。见《尚书·禹贡》。后以“九州”泛指天下，全中国。

“重洋”，指一重一重的海洋，形容非常辽阔遥远的海洋。

“兼收并蓄”，指把不同内容、不同性质的东西收下来，保存起来。

“大器”，指能够担当大任、重任的人。

“内外双修”，又作“内外兼修”，指重视外在表现合乎礼仪的同时，重视内在道德修养的提升，最终达到“表里如一”，完成自身修养的全面提升。

“华章”，本是称颂他人诗文华丽的赞美之词，这里指高水平的文章（论文）。

“英才”，指才智杰出的人。

“正果”，一是指修道有所证悟，谓之证果（佛教用语）。二是比喻好的、正经的归宿。这里指好的、优秀的学术成果。

“逍”，指逍遥，自由自在，无拘无束，开心快乐。

“群雄”，旧时称在时局混乱中称王称霸的一些人，今指英雄人物。

“竞”，指角逐、比赛、争着（做事）。

“折腰”，这里指崇敬、倾倒。

094～095

赞潘柳芸（二首）

（2018.08）

（一）

潘家有女名柳芸，
伶俐乖巧又聪明。
秀丽容颜多俊美，
窈窕体态更娉婷。
樱桃小嘴常含笑，
智慧双眸总带情。
世上佳人千百万，
唯斯尤物最水灵。

（二）

潘家靓女挺温柔，
柳叶微风略摆头。
芸树花开香万里，
青春永驻不知秋。

创作背景

潘柳芸是我2014级会计学专业财务管理方向的硕士研究生，读研期间学习很勤奋，人也很乖巧，与我合作出版了一部名为《高校学生培养成本核算方法研究》的著作（我第一作者，潘柳芸第二作者，李素芸第三作者）。2017年她硕士研究生毕业这一年，我推荐她报考中央财经大学会计学院的博士研究生，她不负所望，顺利考上了。2018 年暑假见面，为了表扬她，我给她写了这两首诗。

诗之意涵

（一）潘家有个女孩名叫柳芸，聪明伶俐又乖巧。秀丽的容颜非常俊美，窈窕的身体姿态则更加美好。像樱桃一样的小嘴经常含着笑意，充满智慧的两只眼睛总是带着热情。世界上美貌的女子有很多，唯独这个美女模样最美好、最有神气。

（二）潘家的这个美女挺温柔，就像柳叶在微风的吹拂下轻轻地摆动枝头。像芸树的花开了一样香飘万里，祝福她永远保持年轻的样子，不会变老。

诗之注释

“伶俐乖巧”，伶俐：机灵。乖巧：合人心意。形容人机警，让人满意。

“秀丽”，指清秀优雅，美丽脱俗。泛指风景优美，也指人的样貌清秀靓丽。

“容颜”，指人的容貌神色。

“俊美”，指容貌、体态漂亮。

“窈窕”，形容女子文静而美好。

“娉婷”，形容女子容貌、体态轻巧美好的样子。

“樱桃小嘴”，出自唐代孟棨《本事诗・事感》中描述美姬樊素嘴巴的一种嘴形，该类型的嘴巴和樱桃一样，嘴唇红润光泽，娇嫩欲滴。

“千百万”，形容数量很多。

“水灵”，形容模样美好，有神气。

“芸”，香草名，也叫“芸香”，多年生草本植物，其下部为木质，故又称芸香树。叶互生，羽状深裂或全裂，花黄色，香气浓郁。

“青春永驻”，指永远保持年轻的样子。

“不知秋”，原指不知秋天是什么或不知秋天的到来，这里指不会变老。

096　重　阳

（2018.10）

一年一度又重阳，
对酒高歌我正狂。
鼎盛春秋何叹老，
明朝醒起更轩昂。

创作背景

2018 年 10 月 17 日重阳节晚上，我在家看着电视喝酒，偶尔翻看一下微信朋友圈，看到有不少人晒出与重阳节有关的图文，有些感慨，遂赋诗一首，以表心志。

诗之意涵

又到了一年一度的重阳节，我正在家纵情地、无拘无束地面对着酒放声歌唱。正处在旺盛、强壮的年纪何必感叹自己老了，明天早晨醒来更加精神饱满、气度不凡。

诗之注释

“对酒”，指面对着酒。唐代李白《对酒》诗：“蒲萄酒，金叵罗，吴姬十五细马驮。青黛画眉红锦靴，道字不正娇唱歌。玳瑁筵中怀里醉，芙蓉帐底奈君何！”宋代陆游《对酒》诗：“闲愁如飞雪，入酒即消融。好花如故人，一笑杯自空。流莺有情亦念我，柳边尽日啼春风。长安不到十四载，酒徒往往成衰翁。九环宝带光照地，不如留君双颊红。”清代秋瑾《对酒》诗：“不惜千金买宝刀，貂裘换酒也堪豪。一腔热血勤珍重，洒去犹能化碧涛。”

“高歌”，指放声歌唱、高声歌唱。

“狂”，这里指纵情地、无拘无束地。

“鼎盛春秋”，春秋：指年龄；鼎：正当；盛：旺盛。指人年龄正处在旺盛、强壮之际。

“轩昂”，形容精神饱满、气度不凡。

097 为农经专业（金融方向）专升本 95 级校友回校参加 90 周年校庆而题

（2018.12）

金融领域众英才，
荟萃农经九五来。
哪日银行烽烟起，
平息战火扫阴霾。

创作背景

2018 年 12 月 9 日，广西大学举行建校九十周年庆祝活动，农业经济管理专业（金融方向）专科升本科（简称“专升本”）1995 级学生以校友身份回校参加活动。这个班的生源来自中国农业银行广西分行，学生均为广西农行系统的干部，属于在职就读的非全日制班。我给这个班的学生讲授“银行会计学”课程。12 月 9 日中午，这个班来参加校庆活动的学生请当年给他们上过课的老师吃饭，我参加了，席间，为助酒兴，我给他们题了这首诗。

诗之意涵

金融领域众多才智杰出的人，都汇集到农经专业（金融方向）专升本 1995 级这个班来了。要是哪一天银行发生重大金融风险，化解这种风险、一扫金融环境里压抑、沉闷气氛的人一定是你们这些人。

诗之注释

“荟萃”，本指草木丛生的样子，后比喻优秀的人物或精美的东西会集、聚集在一起。

“烽烟”，原指火台报警之烟，战争。这里代指重大金融风险。

“平息战火”，这里指化解重大金融风险。

“阴霾”，一是指天气昏暗。二是指人的心灵上的阴影和不快的气氛或者压抑、沉闷的气氛。

098　漏夜添杯

（2018.12）

凄风冷雨惹人愁，
老酒花生醉心头。
漏夜添杯谁伴我，
空屋吊影叹高楼。

创作背景

2018年12月11日深夜，屋外吹着凄风、下着冷雨，我独自一人在屋里喝酒，想起诸多烦心事，心情无比地压抑、沉闷。为了宣泄这种情绪，我就写了这首诗。

诗之意涵

凄厉的风，冰冷的雨，惹得人忧愁顿起，拿出一瓶存放了很长时间的白酒，就着一包花生，喝得我心头都醉了。深夜喝酒谁来陪我？空荡荡的屋子里我一个人孤独寂寞，感叹着枉费住在这么高的楼房，却没有一个人陪我在这深夜里喝酒。

诗之注释

“老酒”，指存放了很长时间的酒。

“漏夜”，指深夜。现代郭沫若《洪波曲》第八章六：“桌上无隔宿的公文，杏坛有漏夜的弦歌。”现代茅盾《林家铺子》五：“漏夜赶起来的广告早已漏夜分头贴出去。”

“添杯”，指往杯子里添酒，也指喝酒。

“吊影”，指对影自怜，比喻孤独寂寞。南朝齐谢朓《拜中军记室辞隋王笺》：“轻舟反溯，吊影独留。”唐代白居易《自河南经乱兄弟离散》诗：“吊影分为千里雁，辞根散作九秋蓬。”

099～103 正月初五夜家中与善嵩隔空对饮微信吟诗（五首）

（2019.02）

创作背景

2019年2月9日农历正月初五夜，我独自一人在家中饮酒，看到高中班级微信群里有王善嵩、黄雄光、韦锦华等人正在隔空邀约干杯，遂加入他们的行列，邀约他们干杯，并与王善嵩私信对诗。

（一）

正月初五夜，
家中自饮时。
有心邀故友，
却告不相知。
旧日樽前话，
今夕俱已息。
可怜孤单客，
独酌莫迟疑。

王善嵩读了我这首诗后不久，发来了一首诗："街边酒一盏，独酌夜凄迟。仰望巷前柳，未见花迭迷。月上如半弓，水影似星移。何须再邀约，明朝闻莺啼。"我随后给他回了下面这首诗。

（二）

家中酒一壶，
自饮何凄迷。
回想前尘事，
苦难两相知。
曾登碗窑坳，
只为三餐稀。
感恩今时日，
无忧下顿饥。

王善嵩接着回了一首诗："手捧酒一杯，回想少年时。红薯食三餐，日日见米稀。陋堂勤苦读，只为逃脱离。而今再回首，心中却唏嘘。"我读后回了下面这首诗。

（三）

频斟美酒不停杯，
莫话儿时那悲催。
期待今春多喜庆，
年终各抱幸福归。

随后，王善嵩接连回两首诗，其一："愁肠岁月各一堆，青葱年少哪堪回。各自美酒自斟酌，清风醉后明月陪。"其二："春风拂花柳丝垂，捻须呷酒笑微微。谁知今年五十九，不喧抱得美人归。"我则回应他下面这首诗。

（四）

春风送暖柳丝垂，
嫩叶初发略显微。
但有多姿摇曳日，
谁家年少抱得归。

王善嵩又回了一首诗："春花烂漫柳叶眉，娇燕粉蝶斗芳菲。若是二月知如是，掩面笑送暖风吹。"我则给他回了下面这首诗，之后他再也不回复，是晚的对诗到此结束。

（五）

正月初五月如眉，
天上人间斗芳菲。
不必分出谁高下，
和谐共处暖风吹。

诗之意涵

（一）正月初五晚上，一个人独自在家中饮酒。有心想邀请老朋友一起隔空对饮，却被告知不知道我是谁。以前在酒桌上说过的话，今晚都已经记不得了。可怜我一个孤孤单单的人，还是独自饮酒吧，别再犹豫了。

（二）家中有一壶酒，自己一个人喝，那是何等的悲伤怅惘。回想起少年时的事，那时的苦难我们两个人都是知道的。曾经登上碗窑坳去挖树蔸、捡牛粪，只为了一日三餐能有稀饭吃。感恩现在这个时代，不用担心下一顿挨饿。

（三）频频斟满美酒不要停杯，不要再讲年少时那些悲催的事。期待今年有很多喜庆的事，年终的时候大家都有满满的幸福感。

（四）春风送来暖意，柳丝开始垂下，嫩叶才刚刚长出来还显得有些细小。但她终究会有摇曳多姿的时候，就看到时候谁家的少年能够赢得她的芳心。

（五）正月初五的晚上月亮像弯弯的眉毛，天上的月亮和人间的景色正在争芳斗艳。没有必要分出谁高谁低，大家和谐共处、交相辉映才更加温暖人心。

诗之注释

“迟疑”，指犹豫，拿不定主意。

“凄迷”，指悲伤怅惘，景物凄凉迷茫。宋代苏轼《与述古自有美堂乘月夜归》诗：“凄风瑟缩经弦柱，香雾凄迷着髻鬟。”宋代陆游《日暮自大汇村归》诗：“庙壖荒寂新犁地，堤草凄迷旧烧痕。”

“碗窑坳”，山坳名，位于塘山村（与我所在的武岭村同属吴村大队，今吴村村委）与碗窑村（王善嵩所在的村庄）之间的一个山坳。我年少时常与同伴到山坳周边挖树蔸卖钱或捡牛粪挣工分，甚是辛苦。

“悲催”，指不称意、不顺心、失败、伤心、悔恨等。

“摇曳多姿”，形容摆动的姿态变化多，优美动人。

“芳菲”，指花草盛美，香花芳草，芳香。“斗芳菲”，指争芳斗艳。唐代韩愈《晚春》诗：“草树知春不久归，百般红紫斗芳菲。

杨花榆荚无才思，唯解漫天作雪飞。”宋代杨巽斋《玉绣球》诗：“纷纷红紫斗芳菲，争似团酥越样奇。料想花神闲戏击，误随风起坠繁枝。”

104　正月初六夜望窗外光影、闻户外烟花有感

（2019.02）

漫天光影似彩霞，
邕城到处响烟花。
家中电视难入耳，
唯有端杯问为啥。

创作背景

2019 年 2 月 10 日农历正月初六晚上，我在家边看电视边喝酒，学校周边的各个小区燃放烟花，五颜六色的烟花把整个天空映照得像彩霞一样，甚是热闹和喜庆，展现出了春节浓厚的节日氛围。但同时，那烟花爆响的声音震耳欲聋，使人根本听不到电视机的声音，不免让人心生烦躁。有感于此，我写下了这首诗。

诗之意涵

由于燃放烟花而产生的漫天光影像彩霞一样，整个南宁市区到处都响起了烟花爆燃的声音。很难听得到家中电视机的声音，只有端起酒杯问自己：政府有关部门为什么不管一管这些燃放烟花的事呢？

诗之注释

“漫天”，指遍布天空、满天，也形容不着边际。前者如漫天大雪，后者如漫天要价。

"邕城"，指南宁市。"邕"，一是指四方被水环绕的都邑；二是指古地名，即邕州，在广西壮族自治区的南部，相当于现在的南宁市及邕宁、武鸣、隆安等地；三是广西南宁市的别称。

105～106

赞容奕华（二首）

（2019.04）

（一）

容家靓女名奕华，
蕙质兰心用谁夸。
那日嫦娥得偶遇，
急抬袖摆当面纱。

（二）

容家美女气如兰，
奕好身材胜百衫。
华彩罗裙皆失色，
驰名粉黛尽无香。
园中漫步多优雅，
室内勤学更芬芳。
丽质天然何自弃，
灵挥妙手著文章。

创作背景

容奕华是我2016级会计学专业的硕士研究生，读研期间与我合作在核心期刊发表了一篇论文，并合作完成了一项计划内横向课题的研究。为表彰她的贡献，在她硕士毕业前夕的4月16日，我给她写了这两首诗。

诗之意涵

（一）容家的美女名叫奕华，她那纯洁的心地、高雅的性格不用谁来夸赞都明显地摆在那里。有一天，嫦娥偶然遇见她，都急忙地抬起袖摆挡住自己的脸面。

（二）容家的美女像兰花一样清幽淡雅、脱俗超群、气质高贵，大好的身材胜过用各种各样的衣衫来装扮。任你多漂亮的衣裙在她面前都失去颜色，任你再有名的化妆品在她面前都没有了香味。她在校园中悠闲走路的姿态多么优雅，在教室里勤奋学习的神态多么美好。这种天生丽质的优势不要自己看不见哦，你要灵活地挥动你精妙的双手写出精美的文章来。

诗之注释

“蕙质兰心”，本义是指蕙草样的心地，兰花似的本质。比喻女子心地纯洁，性格高雅。

“袖摆”，指宽大、长过双手的袖子的前端。

“气如兰”，即“气质如兰”，形容女子像兰花一样清幽淡雅、脱俗超群、气质高贵。

“奕好”，指大好、很好。“奕”，大的意思。

“百衫”，本义是一百件或一百种衣衫，比喻很多种各式各样的衣衫。

“华彩”，作汉语词汇时，指文采、漂亮、美观。作音乐术语时，原指意大利正歌剧中咏叹调末尾处由独唱者即兴发挥的段落，后来在协奏曲乐章的末尾处也常用此种段落，乐队通常暂停演奏，由独奏者充分发挥其表演技巧和乐器性能，以达到升华作品的作用。这里指漂亮。

“罗裙”，原指丝罗制成的裙子，现多泛指女孩的衣裙。唐代卢照邻《长安古意》诗：“娼家日暮紫罗裙，清歌一啭口氛氲。”唐代白居易《琵琶行》诗：“钿头云篦击节碎，血色罗裙翻酒污。”唐代岑参《送李明府赴睦州，便拜觐太夫人》诗：“手把铜章望海云，夫人江上泣罗裙。”唐代王昌龄《采莲曲》：“荷叶罗裙一色裁，芙蓉向脸两边开。”

“粉黛”，原指女子用于化妆的白粉和黑粉，后代指年轻貌美的女子。唐代白居易《长恨歌》诗：“回眸一笑百媚生，六宫粉黛无颜色。”这里取原意，引申为化妆品。此外，粉黛也是荷花的品种之一，多年生水生草本植物。

“丽质天然”，指美好的品貌、气质是与生俱来的、天然的，不是人为雕饰出来的。

“妙手”，指精妙的双手。

107 贺王秋霞获国家社科基金项目立项

（2019.06）

秋霞喜中社国基，
上下师门笑嘻嘻。
六载浇培终有果，
千年铁树绽新枝。

创作背景

王秋霞是我 2002 级金融学专业金融会计方向的硕士研究生。2019 年 6 月 25 日，我在师门微信群里看到有人祝贺她获得 2019 年度国家社会科学基金项目立项，甚为之高兴，又听闻其连续申报六年方得今日之回报，更感佩于她的恒心和毅力，特在次日（6 月 26 日）赋此诗以励之。

诗之意涵

秋霞很高兴地获得了国家社会科学基金项目立项，师门上下都笑嘻嘻地替她高兴。连续六年申报国家社会科学基金项目终于获得了立项，冲她的这份坚毅，就算是千年的铁树也会被感动得绽放新的枝叶、开出美的花朵。

诗之注释

“中”，指获得立项。这是学术界的习惯用语。

“社国基”，指国家社会科学基金。出于诗的平仄需要才写成

“社国基”。

“上下师门”，即师门上下，出于诗的平仄的需要才写成“上下师门”。

“铁树”，也叫苏铁，常绿乔木，不常开花，所以人们常用“铁树开花”这个成语来比喻事情罕见或极难实现。也用“千年铁树开花”这句俗语来比喻罕见的现象（事情）出现（发生）了。

108 贺董曼旎获碧桂园“广西区域 2019 新青年”荣誉称号

（2019.06）

曼旎驰骋碧桂园，
扬鞭策马勇居前。
辉煌再创瞻明日，
莫负青春好少年。

创作背景

董曼旎是我 2015 级会计硕士专业学位的研究生。2019 年 6 月 25 日晚上，我一夜无眠。26 日凌晨一点钟，我翻看微信朋友圈，偶然看到她发的一条信息，显示她获得公司授予碧桂园“广西区域 2019 新青年”的荣誉称号，甚为她感到骄傲。白天的时候，我将这条信息转发到师门群里，让大家分享她的荣耀。同时，为了表彰她为师门积攒的正能量，我特作此诗勉励之。

诗之意涵

曼旎驰骋在碧桂园集团的事业的征途上，扬鞭策马勇敢地走在了前面。希望你将来继续努力、再创辉煌，不要辜负了你美好的青春年华。

诗之注释

“驰骋”，原指骑马快速奔跑，后泛指努力奋斗在某个领域。

如驰骋文坛，驰骋学界，驰骋疆场等。

“扬鞭策马”中的“策”，指用鞭子驱赶。

“瞻”，指往前或向上看。

109　为黎东升提前退休而题

（2019.07）

东升早退任逍遥，
肆意人生乐慆慆。
养性怡情别叹老，
骄阳尚在半天高。

创作背景

黎东升是我高中的同班同学，国家公务员，工龄满30年时按政策提前退休。他应该是我高中同班同学的公职人员中最早退休的。有感于他退休后的生活，我在2019年7月2日题了这首诗。

诗之意涵

东升提前退休后自由自在、无拘无束，可以抛却很多事情按照自己的性子来快乐地过好后半生。修养身心，涵养天性，怡悦心情，别感叹自己老了，酷热的太阳才刚刚升到半空那样的高处。

诗之注释

"早退"，这里指提前退休。

"肆意"，指不顾一切由着自己的性子，任意。

"养性"，指修养身心，涵养天性。

"怡情"，指怡悦心情。

"骄阳"，指猛烈的阳光，酷热的太阳。

110　赠杜菲同学留念

（2019.07）

杜氏淑媛名唤菲，
仙乡河北美人胚。
明眸皓齿如星灿，
映得苍穹满是辉。

创作背景

杜菲是广西大学商学院2018级MBA非全日制创新创业班的学生（我不是她的导师）。2019年春季学期，我给她所在的班级讲授“公司财务管理学”课程。课间，她比较积极主动地跟我交流，对我尊敬、礼貌有加。课程结束后她也隔三岔五地跟我微信往来。为纪念这份师生友谊，2019年7月5日，我给她写了这首诗，此后不久，联系渐少，至今断联。

诗之意涵

杜氏善良的美女单名一个菲字，河北人氏、美人胚子。明亮的眼睛、洁白的牙齿如灿烂的星辰，映照得整个天空都充满光辉。

诗之注释

“淑”，善良，美好，清澈；“媛”，美女，美玉。

“仙乡”，敬辞，用于询问对方的籍贯；指仙人所居处；仙界；对别人家乡的美称；借称所爱者的居处；福建省永春县仙夹镇的古称。浙江省仙居县也称仙乡。这里是对别人家乡的美称。

“明眸皓齿”，意思是明亮的眼睛，洁白的牙齿。形容女子容貌美丽，也指美丽的女子。

“苍穹”，指天空，苍天。清代黄遵宪《八月十五夜太平洋舟中望月作歌》诗：“搔首我欲问苍穹，倚栏不寐心憧憧。”

111 赞蔡静妮

（2019.08）

蔡氏佳人名静妮，
朱唇皓齿笑嘻嘻。
双眸脉脉含秋水，
两耳垂垂挂玉玑。
粉脸红红如坠果，
高鼻挺挺似悬滴。
腰身更是称绝代，
步态婀娜赛柳枝。

创作背景

蔡静妮是我 2016 级会计学专业的硕士研究生。2019 年 8 月 31 日，她组织她这一届的几个同学举行毕业后的第一次聚会，邀请我参加，因感念她的盛情，我提前两天给她写了这首诗。

诗之意涵

蔡家的一个富有才情的美女名字叫作静妮，红润的嘴唇、洁白的牙齿，还成天笑嘻嘻的。一双眼睛含情脉脉就像含着两汪秋水，两只耳朵垂垂地就像两颗玉珠子。粉嫩的脸蛋红彤彤的就像熟透了往下坠的苹果，高耸的鼻子直挺挺的就像悬吊着的一滴水珠。腰身更是称得上空前绝后、冠出当代，走起路来的那种姿态比轻摆着的柳条儿还要婀娜多姿！

诗之注释

“佳人”，主要有四种词义。第一，指有才情的美女，如唐代杜甫《江畔独步寻花七绝句》诗之四：“谁能载酒开金盏，唤取佳人舞绣筵。”第二，指君子贤人，如唐代韦应物《过扶风精舍旧居简朝宗巨川兄弟》诗：“佳人亦携手，再往今不同。”第三，妻子称自己的丈夫，如南朝齐王融《秋胡行》诗之一：“佳人忽千里，空闺积思生。”第四，指怀念中的女子、理想中的女子，如宋代柳永《迷神引》词：“芳草连空阔，残照满。佳人无消息，断云远。”我这首诗取第一种词义，即“有才情的美女”。

“秋水”，意思是秋天清澈的江河湖水，比喻女子清澈明亮的眼睛。

“玑”，指不圆的珠子；“玉玑”，指玉石做成的不圆的珠子。

“坠果”，指往下坠的苹果；“悬滴”，指悬吊着的水滴。

“绝代”，指空前绝后、冠出当代。

112　赞素兰、素芸两姐妹

（2019.09）

素兰素芸姐妹花，
容貌人品世间夸。
颜如朗日朝霞灿，
面似晴空彩云佳。
温厚贤良忠孝具，
谦恭有礼气节孖。
双娇并驾谁之女，
桂林灵川李姓家。

创作背景

李素兰是我 2008 级企业管理学专业的硕士研究生，李素芸是我 2012 级会计学专业的硕士研究生。她们俩是一奶同胞的亲姐妹，前后相隔四年投入我的门下成为我的学生。两姐妹不仅漂亮、活泼、热情，而且聪明、勤奋、懂事。她们相约在教师节那天来学校看我，为感谢她们的这份孝心，我提前两天给她们写了这首诗。

诗之意涵

素兰、素芸两姐妹就像两朵美丽的鲜花，容貌和人品都得到世人的夸赞。容颜犹如晴朗日子里的朝霞一样灿烂，面相就像晴朗天空中的彩云一样好看。既温厚、贤良、忠孝兼具，又谦恭、有礼、气节双全。这两个美女并驾齐驱，究竟是谁家的女孩呢？原来是桂林市灵川县李姓人家的。

诗之注释

“朗日”，指晴朗的日子；“晴空”，指晴朗的天空。

“具”，这里指具备，具有；“忠孝具”，形容忠孝兼具。

“气节”，指志气和节操；“孖”，指成双的，成对的；“气节孖”，形容气节双全。

113 中秋午夜祝福周芳华

（2019.09）

皓月当空耀芳华，
柔情蜜意满周家。
妻贤女俏夫慈爱，
乐享天伦笑开花。

创作背景

2019 年 9 月 13 日中秋午夜，我正在家中看电视，忽然收到周芳华（我 2013 级会计学专业研究生班的学生）的微信祝福。其曰："皓月当空照九州，疏星斜挂影自怜。瀚空清冷凉意重，夜曲难掩团圆颂。嫦娥玉兔独垂泪，应悔当年偷灵药。神仙自是逍遥客，哪得人间天伦乐。阖家团圆乐满堂，最是人生得意事。健康长寿福禄长，如意吉祥永相随！"有感于其独特的祝福方式，特作此诗复之。

诗之意涵

皎洁的月亮在空中照耀着大地，也照耀着你美好的年华，在这样的夜晚，柔情蜜意充满了你整个家庭。你作为妻子很贤惠，你的女儿很漂亮，你的丈夫也很慈爱，你们一家人高兴地享受着天伦之乐，笑得像开了花似的。

诗之注释

"皓月当空"，指皎洁的月亮在空中照耀着大地。

“芳华”，一是指美好的年华，如明代文征明《和答石田先生落花·其一》：“无情刚恨通宵雨，断送芳华又一年。”二是指香花，如唐代韩愈《春雪》：“新年都未有芳华，二月初惊见草芽。”这里指美好的年华，也代指周芳华本人。

“俏”，一是指容貌秀美、体态轻盈，漂亮；二是指货物的销路好。这首诗取第一种字义。

“天伦”，旧指兄先弟后，天然伦次，故称兄弟为天伦；后泛指父子、兄弟、夫妻等亲属关系。“天伦之乐”，指家庭团聚一堂的欢乐。唐代李白《春夜宴从弟桃花园序》：“会桃花之芳园，序天伦之乐事。”后世据此典故引申出成语“天伦之乐”。

114～115

初中复读毕业四十周年感怀（二首）

（2019.09）

（一）

初中毕业四十秋，
缕缕青丝变白头。
弱冠哪知书抵宝，
花甲才懂墨难求。
曾嗔岁月何漫漫，
却盼光阴再悠悠。
过往得失甭计较，
余生快乐满衣兜。

（二）

初中毕业四十年，
各为前程在一边。
终日奔波难有空，
四时劳碌更无闲。
恩师永念何曾报，
母校常思亦未捐。
喜盼初七来聚会，
情怀互诉乐翻天。

创作背景

1976 年，我 14 岁时初中毕业没有评得上高中，回家干起了农活。1978 年，我到吴村初中插班复读，第一个学期在 13 班，第二个学期转到12班,1979年复读毕业考进了宾阳中学。2019年，恰逢初中复读毕业 40 周年，有同学组织 12 ～ 15 班的同学定于 2019 年 10 月 5 日（农历九月初七）举行毕业 40 周年聚会。我受邀参加筹备组，一起筹备这次聚会。回首当年萌呆萌呆的样子，一晃四十年就过去了，内心感慨万千。2019 年 9 月 13 日中秋夜，遥望明月，想到即将见到那些还曾记得和已经记不得了的同学，心中不免对这次聚会充满着无限期待，故写了第一首诗。9 月 15 日夜，我在家中自饮，想到即将到来的农历九月初七的聚会，又写了第二首诗。

诗之意涵

（一）初中复读毕业已经四十个春秋，一缕缕的黑头发都已经变白。年少时不知读书的宝贵，老来时才知道知识不容易学得到。小时候曾经埋怨岁月怎么过得那么慢，希望快点长大，现在却盼望着光阴再长久一点，不要那么快变老。过去的恩怨得失如果你不计较了，那余生的快乐就会装满你衣服的口袋（比喻快乐多多的）。

（二）初中复读毕业已经四十年，同学们为了自己的前程各在一处拼搏奋斗。终日奔波很难有空余的时间，一年四季劳碌更加没有闲暇时光。一直在心里感念恩师却何曾有过报答？经常在脑海里回忆母校也未曾有过捐献。很高兴盼望农历九月初七来聚会，大家互诉情怀尽情地欢乐。

“缕缕”，形容一条一条，连续不断。

“青丝”，本义为青色的丝线或绳子。“青”字是一个多义字，仅指颜色就有绿、蓝、黑等多种。以青丝喻指黑发，最早见于唐代李白的《将进酒》诗：“君不见高堂明镜悲白发，朝如青丝暮成雪。”但那时候，“青丝”并非指女性的头发，而是更多地被诗人代指青年男性。“青丝”在现代多指女性的头发，大概是因为男性的头发确实太短了，难以以“丝”称之。

“弱冠”，中国古时男子20岁称弱冠。这时束发加冠，举行加冠礼，即戴上成人的帽子，以示成年，但体犹未壮，还比较年少，故称“弱”。冠，帽子，代指成年。后世泛指男子二十左右的年纪，不能用于女子。这里指年少时。

“书”，指读书；“抵宝”，指宝贵，值钱。

“花甲”，用天干地支顺次相互搭配来纪年，从“甲子”起，六十年为一个周期，因而称六十岁为“花甲之年”。这里指老来时。

“墨”，主要有八种字义。第一，指写字绘画用的黑色颜料或汁。第二，泛指写字、绘画或印刷用的某种颜料。第三，指黑色或近于黑色的。第四，借指诗文或书画。第五，木工用以取直的墨线。第六，喻指知识、学问。第七，指贪污，不廉洁。第八，指姓，墨家。这里取第六种字义，喻指知识、学问。

“嗔”，指责怪，埋怨；“漫漫”，这里指时间长久。

“悠悠”，一指长久、遥远；二指忧愁思虑的样子；三指从容自然的样子；也用来形容言语荒谬。这里指长久。

“衣兜”，指衣服口袋。“余生快乐满衣兜”，指余生的快乐装满衣服的口袋，比喻快乐多多的。

“终日”，指整天；“四时”，指一年四季。

“奔波”，指忙忙碌碌地往来奔走；“劳碌”，指事情多而辛苦。“奔波劳碌”是一个成语，意思是东奔西走，终日劳苦。

“乐翻天”，形容非常高兴、快乐。

116～117

赵克淳、李素芸新婚致贺（二首）

（2019.10）

（一）

赵氏儿郎李姓妞，
相识恋爱四春秋。
瓜熟蒂落结连理，
比翼双飞到白头。

（二）

比翼双飞到白头，
生活事业两丰收。
家中过日多恩爱，
户外谋职少计抠。
子嗣延绵人口旺，
前程远大品德优。
相携互敬齐眉案，
美好姻缘越千秋。

创作背景

李素芸是我 2012 级会计学专业的硕士研究生，赵克淳是她的丈夫。应她之约，我在 2019 年 10 月 2 日为他们的新婚创作了这两首诗。随后，在 10 月 26 日他们的婚礼上，我受邀担任证婚人，现场朗诵了这两首诗。

诗之意涵

（一）赵氏的儿郎李姓的妞，从相识到恋爱已经度过了四个春秋。如今瓜熟蒂落结为连理，希望你们比翼双飞，白头偕老。

（二）比翼双飞，白头偕老，生活甜蜜，事业成功。在家中过日子要多一些恩爱，在户外谋职业要少一些计较和抠门、多一些宽容和大度。祝你们子嗣延绵、人丁兴旺，前程远大、品德优秀。希望你们相互携手，举案齐眉，把美好的姻缘过得长长久久。

诗之注释

“瓜熟蒂落”，意思是瓜熟了，瓜蒂自然脱落。比喻条件成熟了，事情自然会成功。

“连理”，意思是不同根的草木、枝干连生在一起。比喻恩爱夫妻。“结连理”，意思是结为夫妻。

“比翼双飞”，比喻夫妻恩爱，相伴不离或男女情投意合，在事业上并肩前进，结为伴侣。

“家中过日”，指在家中过日子；“户外谋职”，指在户外谋职业。

“抠”，第一，指用手指或细小的东西从里面往外挖，如“把掉在砖缝里的豆粒抠出来”。第二，指雕刻（花纹），如“在镜框边上抠出花儿来”。第三，不必要的深究；向一个狭窄的方面深求，如“抠字眼儿”。第四，形容吝啬，不大方，如“这个人抠得很，一分钱都舍不得花”。这里取第四种字义。

“少计抠”，指少一些计较和抠门、多一些宽容和大度。

“子嗣”，指儿子，也指传宗接代的人；“延绵”，指延续不断。

“齐眉案”，化用成语“举案齐眉”。该成语指送饭时把托盘举得跟眉毛一样高，以表示尊敬。后形容夫妻俩互相尊敬。

“越千秋”，指跨过一千年。形容婚姻长长久久。

118 辞别 2019 年

（2020.01）

酸甜苦辣又一年，
五味杂陈看昨天。
愿望虽多实现少，
追求既定总还偏。
时遭病痛袭身体，
老被愁烦郁心间。
岁月如梭终过去，
辞别二〇一九先。

创作背景

这首诗没有特别的创作背景，只是在 2020 年元旦这一天，回看刚刚过去的 2019 年，有些感慨，录下而已。

诗之意涵

酸甜苦辣地又度过了一年，回头看看过去的这一年，心中真是五味杂陈。这一年里，愿望虽然很多，但实现的却很少；追求的目标虽然确定了，但最终结果总是偏离了目标。时不时遭到病痛来袭扰身体，还老是被愁烦郁结在心间。日子消逝得很快，这一年终于过去了，先辞别 2019 年啰。

诗之注释

“酸甜苦辣”，统指各种滋味。比喻人生的幸福、欢乐、痛苦、磨难等各种境遇、各种感受。

“五味杂陈”，指各种味道混杂在一起。形容感受复杂而说不清楚。五味，泛指各种味道。

“岁月如梭”，意思是时光像梭子一样快速地运转。比喻日子消逝得很快。

119　喜迎 2020 年

（2020.01）

二〇二〇我爱您，
如约而至喜相迎。
登台就把神州暖，
亮相即将大地晴。
四面欢声歌盛世，
八方笑语颂太平。
风调雨顺全民乐，
富贵安康万众行。

创作背景

这首诗也没有特别的创作背景。2020 年元旦，天气晴朗，阳光暖和，我在回顾了 2019 年之后，展望 2020 年，写下这首诗。

诗之意涵

2020 年我爱你，你如约而至，我高兴地迎接你。你一到来就把温暖带给神州，你一出现就使久雨的大地放晴。四面欢声如雷地歌颂当今的盛世，八方笑语震天地颂扬现世的太平。希望你风调雨顺，让全国人民都感到快乐；富贵安康，让千千万万的老百姓都满满的获得感。

诗之注释

“如约而至”，指按约定的时间准时到达。时光流逝，年轮交替，这是自然规律，因此，2020 年的到来是不以人的意志为转移的。这里采用拟人化的手法，把 2020 年拟人化了。

“登台”，“亮相”，把 2020 年的到来说成“登台亮相”，也是把 2020 年拟人化了。

120 寇宇开题失败记

（2020.06）

寇宇开题未过关，
心情郁闷把神伤。
捶胸叩问为师者，
此等结局罪哪方。

创作背景

寇宇是我 2019 级 MBA 全日制班的学生，2020 年 6 月 27 日参加毕业论文开题答辩没有获得通过，甚是沮丧，我闻之亦感到意外。在她选题和撰写开题报告阶段，我与她进行了充分的交流、讨论。我认为她的选题有意义，研究思路和研究方法正确，研究基础也扎实，所以才同意她参加开题答辩。没想到答辩老师居然不让她通过，我很郁闷，就写了这首诗。

诗之意涵

寇宇参加毕业论文开题答辩没有过关，我心情很郁闷、神情很忧伤。捶胸叩问作为导师的我，这样的结局究竟是谁的责任？

诗之注释

“开题”，是课题研究领域的专用术语。是指课题研究者把自己所选的课题的概况（即开题报告内容），向有关专家、学者、科技人员进行陈述。然后由他们对开题报告内容进行评议，确定是否同意开题报告内容。研究生开题答辩是重要的培养环节之一。

“为师者”，指作为导师的我。

“罪哪方”，指罪过（责任）在哪一方，是学生本人、导师还是答辩老师？

121　回应王克军老师 76 岁生日诗

（2021.08）

七六师尊自庆生，
延绵福寿逾百春。
端杯适饮逍遥乐，
笑看红男绿女争。

创作背景

2021 年 8 月 26 日晚间，大学时代的班主任王克军老师在班级微信群发表了一首诗，诉说其在家中独饮庆祝自己 76 岁生日时的人生感慨，读罢深受其感染，故赋诗一首，一者作为回应，二者为之祝寿。

诗之意涵

76 岁的老师独自在家为自己庆祝生日，祝愿您福寿延绵活到一百多岁。拿起酒杯适当地喝几口，享受这种自由自在、无拘无束、开心快乐的日子，笑着看那些穿着漂亮服装的青年男女们去拼搏吧！

诗之注释

“师尊”，指对老师、师父的尊称。

“福寿延绵”，其中“福”指好运、幸福，“寿”指寿命、长寿，“延绵”指延长、不间断。这个成语形容人们的福气和寿命都非常长久，源源不断，有如绵延不绝一般。

“逍遥”，形容自由自在、无拘无束。

“红男绿女”，指穿着漂亮服装的青年男女。

“争”，原指力求得到或达到，争夺，竞争，争论。这里引申为拼搏。

122 尊亲敬老在厅堂

（2021.10）

重阳节里话重阳，
九九重阳道吉祥。
望远登高出野外，
尊亲敬老在厅堂。

创作背景

2021 年 10 月 14 日重阳节，我在微信朋友圈里看到很多人发表或转发关于重阳节的文字，联想到应该如何孝敬老人这个问题，有感而发，写了这首诗。

诗之意涵

重阳节里说一说重阳，九九重阳这一天要向老人道一声吉祥。如果想登高望远就要去到野外，如果想尊重双亲、孝敬老人，就要在家庭的日常生活中去做。

诗之注释

“重阳节”，是中国民间传统节日，日期在每年农历九月初九。“九”数在《易经》中为阳数，“九九”两阳数相重，故曰“重阳”；因日与月皆逢九，故又称为“重九”。九九归真，一元肇始，古人认为九九重阳是吉祥的日子。古时民间在重阳节有登高祈福、拜神祭祖及饮宴祈寿等习俗。传承至今，又添加了敬老等内涵。登高赏秋与感恩敬老是当今重阳节日活动的两大重要主题。重阳节在历史发展演变中杂糅多种民俗为一体，承载了丰富的文化内涵。在民俗观念中“九”在数字中是最大数，有长久长寿的含意，寄托着人们对老人健康长寿的祝福。2006 年 5 月 20 日，重阳节被国务院列入首批国家级非物质文化遗产名录。2012 年全国人大常委会修订通过的《中华人民共和国老年人权益保障法》规定每年农历九月初九为老年节。

123 为张培胜高楼、夕阳、落霞三张照片而赋

（2021.10）

凭栏远眺尽高楼，
落寞红霞见晚秋。
但若初心仍旧在，
夕阳亦可耀神州。

创作背景

2021 年 10 月 24 日夜，友人张培胜在微信朋友圈发了三张照片，分别是城市高楼、夕阳晚照、落霞满天，一时兴起，应景赋诗一首。

诗之意涵

倚靠着栏杆极目远眺，看到的都是高楼大厦，还有那一片寂寞、冷落的晚霞和一派深秋的景象。但如果初心还在，就算是夕阳也可以照耀祖国的神州大地。

这首诗的字面意思隐含着这样的意涵：退休了不要感叹自己老了，只要初心还在，退休了也可以继续为国家发光发热。

诗之注释

“凭栏远眺”，意思是指倚栏极目眺望。凭：倚靠的意思；栏：指高楼的栏杆；远眺：向远处望过去，表示向远处看。

“落寞”，寂寞、冷落。宋代谢逸《西江月·落寞寒香满院》

词:“落寞寒香满院，扶疏清影侵门。”

“红霞”，这里指晚霞。

“晚秋”，指深秋。

“初心”，原指最初的心意、心愿、信念。这里指中国共产党的初心使命。

124　为容奕华拍摄的“商学院”石头照片而题

（2021.10）

石头依旧在，
商院已随风。
但留些记忆，
悠悠岁月中。

创作背景

2021 年 10 月 25 日早晨，我的学生容奕华在微信朋友圈发了她前天、昨天回母校参加培训时拍摄的一组校园照片，其中有一张是立于原商学院、现工商管理学院大门左侧的一块刻有“商学院”三个大字的石头照片。有感于商学院已于 2021 年 6 月 29 日被学校发文撤销，故赋诗一首，以为纪念。

诗之意涵

刻有“商学院”三个大字的那块石头依旧矗立在那里，但商学院这个办学实体已经随风消逝了。仅留下一些关于商学院的记忆在长久、遥远的岁月之中。

诗之注释

“商院”，是商学院的简称。

“随风”，指随风消逝。

“但”，这里指仅仅。

“悠悠”，这里指长久、遥远。

“岁月”，通常用来指时间，尤其是过去的日子。常用来形容一段历史时期，也用来形容一段生活经历，还经常用来承载人们的感情。它是世间万象的载体，可以容纳世间一切酸甜苦辣。

125　为梁戈夫教授65岁退休而作

（2021.12）

梁哥从教卅三年，
硕果连枝比蜜甜。
荣退杏坛留典范，
功泽业界众同言。

创作背景

2021年12月20日前后（具体日期已记不清），学院为梁戈夫教授、汪涛教授、李立民教授等人举行光荣退休仪式。朱少英副院长为了制作梁戈夫教授荣退的相关视频，提前好多天吩咐我给梁戈夫教授写点文字、说点官话。想到我与梁戈夫教授相识、相交已23个春秋。23年来，我们两人同室授课、同桌饮酒，结下了深厚的友谊。如今他功成身退，因敬仰其人品武功，我于12月9日为之赋诗一首。

诗之意涵

梁戈夫教授从事高等教育四十三年，培养出了很多非常优秀的学生。如今从教书育人的地方光荣地退休，他对高等教育事业的贡献为年轻的教师留下了典范，他对学术领域的贡献也惠及了整个学术界，这些都是大家公认的。

诗之注释

“硕果连枝比蜜甜”，比喻梁戈夫教授培养的学生很多而且很优秀。

“杏坛”，原是指“孔子讲学的地方”，现在也多指教书育人的地方。杏坛在山东省曲阜市孔庙的大成殿前。相传此处是孔子讲学之处。《庄子 · 渔父篇》载：“孔子游于缁帷（即黑惟，假托为地名）之林，休坐乎杏坛之上。弟子读书，孔子弦歌鼓琴。”宋代以前此处为大成殿，天圣二年（1024 年）孔子 45 代孙孔道辅监修孔庙时，在正殿旧址“除地为坛，环植以杏，名曰杏坛”。于是，“杏坛”，成为教育圣地的代名词。金代于杏坛上建亭，元世祖至元四年（1267 年）重修，明代隆庆三年（1569 年）改造重檐方亭，清代乾隆皇帝题匾。此杏坛方亭重檐，黄瓦朱柱，十字结脊。亭内藻井以细小斗拱装饰，彩绘金龙，绚丽多姿。亭下有党怀英篆书“杏坛”二字碑及乾隆“杏坛赞碑”。亭四周有石栏围护，四方有甬道可通。亭前石炉，雕刻精美，是金代文物。亭四周遍植杏树，每到春和景明，杏花盛开，灿然如火。孔子后裔六十代衍圣公《题杏坛》诗云：“鲁城遗迹已成空，点瑟回琴想象中。独有杏坛春意早，年年花发旧时红。”

“功”，原指功业、功绩、功效、功劳、功夫等。这里引申为贡献。

“泽”，原指光润、滋润、雨露、水汇聚处、水草丛杂之地、恩惠等。这里引申为惠及。

126　为汪涛教授退而不休点赞

（2022.01）

汪涛告老不还乡，
另换平台放热光。
半辈耕耘轻名利，
一生奉献重担当。
为人友善称低调，
做事严丝讲硬刚。
正待归航停靠岸，
鸣笛转向又扬帆。

创作背景

汪涛教授 1983 年从广西大学毕业后就留校当老师直至 2021 年退休，38 年的法定工作年龄全都奉献给了广西大学，为广西大学应用经济学和工商管理学这两个学科的建设和发展作出了重大的贡献。38 年来，他淡泊名利、默默耕耘，堪称师之楷模；今又退而不休，继续转战南宁学院发挥余热。有感于其不求回报、只知奉献的高风亮节和生命不息、奉献不止的崇高精神，特赋此诗为赞。

诗之意涵

汪涛教授退休了也不在家安享晚年，却换到了另一个平台继续发光发热。半辈子耕耘他淡泊名利，一生奉献他重视担当。为人友善一直很低调，做事认真不逃避。正待回家享受退休生活，却又掉转方向去了另一所学校任职。

诗之注释

“告老还乡”，原指年老辞职，回到家乡。现在泛指退休了回家安享晚年。“告老不还乡”，指退休了也不在家安享晚年。

“严丝”，取自成语“严丝合缝”，指闭合得很好，没有丝毫缝隙。这里指做事认真，一丝不苟。

“硬刚”，网络用语，本义是指正面对抗，不躲避不逃跑，靠自身能力硬和对方对抗。这里引申为做事情有担当，不逃避责任。

127～128 读王善嵩在朋友圈发表的诗作有感（二首）

（2023.02）

（一）

碗酒喝干未解愁，
神情落寞向谁兜。
无常世事难先料，
莫若今宵醉床头。

（二）

尔在钦州某在邕，
一年偶有几相逢。
三杯两盏常嫌少，
万语千言怎诉衷。

创作背景

2023年2月24日晚上，我在睡觉前翻看朋友圈，发现王善嵩在圈里发表诗作《思乡》（外二首），诗中流露出浓浓的因常年漂泊在外而积聚的哀愁，受其感染，加之近来因长兄的意外故去而忧伤不已，特赋诗两首，一为和王善嵩的诗作，二为释放一些忧伤的情感。

诗之意涵

（一）一碗酒都喝干了也未能排解忧愁，神情寂寞、冷落也不知道向谁诉说。世界上的事情都是变化无常、难以预料的，还不如今晚就醉倒在床头，管他什么忧愁不忧愁！

（二）你在钦州我在南宁，一年才偶尔有几次相逢。相逢的时候喝他个三杯两盏常常嫌太少，说他个千言万语又怎么能诉说得了内心的情感。

诗之注释

“兜”，本义指招揽（如兜售）等。这里引申为诉说。

“无常世事”，化用成语“世事无常”，指世界上的万事万物都是变化的，没有永远固定不变的东西。

“某”，代指我。

“三杯两盏”，意思是饮用少量的酒。出自宋代李清照《声声慢》词：“寻寻觅觅，冷冷清清，凄凄惨惨戚戚。乍暖还寒时候，最难将息。三杯两盏淡酒，怎敌他，晚来风急！雁过也，正伤心，却是旧时相识。满地黄花堆积，憔悴损，如今有谁堪摘？守着窗儿，独自怎生得黑！梧桐更兼细雨，到黄昏，点点滴滴。这次第，怎一个愁字了得！”

“衷”，原指内心。这里引申为内心的情感。

129～130 为师门第二届财务理论与实务研讨交流会而题（二首）

（2023.11）

（一）

师门俊秀聚邕城，
场面和谐热气腾。
经验交流相借鉴，
知识研讨互提升。
人生感悟同分享，
处世哲学共细温。
今日重回桑梓地，
明朝踔厉又争春。

（二）

二届研交在深秋，
师门上下乐悠悠。
池曹策划出佳案，
谢陆执行有善谋。
陈贾建言诚宝贵，
杨容贡献亦当讴。
蓝张也进筹备组，
勠力同心始与休。

创作背景

2023年11月18日，师门举办第二届财务理论与实务研讨交流会。这一届研讨交流会距离2017年11月18日的第一届，已经过去了整整六年时间。六年来，我曾经无数次动起过举办第二届的念头，终因各种因素的影响而无法付诸实施。如今，在众人的共同努力下，师门第二届财务理论与实务研讨交流会终于成功举办。为了纪念这一次会议的成功举办，2023年11月20日，我特赋诗二首。

诗之意涵

（一）师门里一群容貌秀美、才智杰出的人聚集在南宁，整个场面充满着和谐、热烈的气氛。大家交流经验，相互借鉴；研讨知识，互相提升。每个人都把自己的人生感悟拿出来与大家共同分享，同时与大家一起认真仔细地交流学习处世哲学。大家今日重新回到母校，明天又将精神振奋地在各自的岗位上努力工作。

（二）师门第二届财务理论与实务研讨交流会在深秋时节举办，师门上下的每一个人都非常高兴、快乐。池昭梅和曹丽荣负责策划拿出好的方案，谢兰和陆薇在执行过程中总有好的主意。陈龙和贾莹丹的建议非常宝贵，杨军、杨海燕和容奕华的贡献也值得表扬。蓝文永和张星文也进了筹备组，大家齐心合力，团结一致，从开始到结束，把这届研讨交流会组织得非常成功。

诗之注释

“俊秀”，指才智杰出的人；容貌秀美。

“邕城”，指南宁城。“邕”，是广西壮族自治区南宁市的别称。

“热气腾”，即热气腾腾，指气体蒸发的样子，本义是形容食物或茶水之类的热气很盛，后多用来形容气氛热烈或情绪高涨。

“细”，指认真仔细。“温”，指复习，这里引申为交流学习。

“桑梓”，本义是借指故乡，这里引申为母校。在古代，村落的房前屋后，遍植桑树和梓树，所以有“桑梓之地，父母之邦”的说法。久而久之，“桑梓”成了故乡、家乡的代名词。毛泽东《七绝·改诗赠父亲》诗：“孩儿立志出乡关，学不成名誓不还。埋骨何须桑梓地，人生无处不青山。”

“踔厉”，形容精神振奋。

“争春”，指争艳于春日。宋代黄庭坚《次韵答马中玉》诗之三：“争春梅柳无三月，对雪樽罍属二天。”宋代陆游《卜算子·咏梅》词：“无意苦争春，一任群芳妒。”朱德《游越秀公园》诗：“越秀公园花木林，百花齐放各争春。”毛泽东《卜算子·咏梅》词：“俏也不争春，只把春来报。”这里引申为在各自的岗位上努力工作。

“二届研交”，指师门第二届财务理论与实务研讨交流会。

“乐悠悠”，形容快乐的样子。

“池曹”，指池昭梅和曹丽荣，她们两人是本次研讨交流会筹备组组长。

“佳案”，指好的方案。

“谢陆”，指谢兰和陆薇，前者是筹备组副组长，后者是筹备组成员。

“善谋”，指好的主意。

“陈贾”，指陈龙和贾莹丹，前者是筹备组副组长，后者是筹备组成员。

“诚”，指确实，实在。

“杨容”，指杨军、杨海燕和容奕华，前者是筹备组副组长，中者和后者是筹备组成员。

“讴”，指歌唱；“讴歌”，指歌颂，赞美。这里引申为表扬。

“蓝张”，指蓝文永和张星文，两人均为筹备组成员。

“勠力同心”，意思是思想一致，共同努力。形容齐心合力，团结一致。

“始与休”，指开始与结束。

第二部分

新体诗歌

（30首）

001 春　归

（1985.05）

你来了
带着我的渴望与追求
带着我的怀想与思恋
终于姗姗地、轻盈地
来到了我身边

不堪回首
那刚逝去的一年
我朝思、暮念
形容已枯槁，心儿已憔悴
而你却紧锁春眉
从不给我半个笑脸

我不怪你，更不恨你，因为
谁都有选择的权利
谁都有爱的自便
何况如今
你已温柔地依偎在我胸前

啊，我的忧愁全已消散
我的痛苦都变成了醇甜

来吧，亲爱的
让我们紧紧地拥抱
使两颗跳动的心永远相连

002　如　果

（1985.06）

如果你是秋月，那我
愿是那彩色的光环
始终陪伴你
去迎接胜利的曙光

如果你是星星，那我
愿是那广博的天空
用我湛蓝的色彩
衬托你闪烁的华光

如果你是琴弓，那我
愿是那绷紧的琴弦
和你密切配合
演奏出动人的乐章

003　给一位女同学

（1986.04）

无数次
我跑遍所有的教室
为了向你诉说衷肠
历尽千辛万苦

没有人能解释
人世间情为何物
也没有人能理解
我为什么对别的女同胞
都毫无兴趣

人要互相信赖本不容易
更何况要彼此爱慕
可是，我们并不是没有过爱
只不知你为何又把感情禁锢

啊，那幽静的牧场
曾留下狂吻的身影
那迷人的夏夜
曾回荡着铿锵的盟语

昨天的一切
在今天已成为历史
为什么历史不能重演
你偏让世俗来束缚

菜肴缺乏调料，乏味
生活没有爱情，枯燥
枯燥乏味的人生
难道就是你的归宿

事业须要奋斗
爱情也应追求
二者无论缺谁
生活都会变得荒芜

世界虽然美丽
人生哪能没有冲突
只要你勇敢去创造，相信吧
生活必赋予你甜蜜幸福

004　男大学生宿舍

（1986.04）

（一）早上

叮铃铃，叮铃铃
美梦的余韵还在脑际飘荡
铃声就把老夫吵醒

不要埋怨，不要皱眉
昨晚你独自挑灯夜战
难怪冰川天女把你往寒宫里请

撩开帐帘看看吧，小邢
上架，下铺，前铺，邻架
张王韦李早已全无踪影

起来吧，“侠迷”
不要再做那些荒唐的梦
清晨的空气，难道就不能把你吸引

（二）中午

没有谁去组织，也没有谁来召集
四两饭，两份菜，一杯开水
能量足够你争论不停

张说要了解改革应看《新星》
王论广西的经济如何振兴
韦则说昨天国家足球红队胜黄队二比〇

社会诸角，人间风情
生活节奏，改革形势，这一切
都拨动着我们极大的好奇心

时间流逝，兴致犹新
为了了解和探索当今的社会
我们谁都不愿很快就寝

（三）下午
拿起香皂和毛巾
把健美的肌肤袒露
任澡堂里的水冲洗不停

抱起音色丰富的六弦琴
弹一首《情人的梦》
就能忘掉实验室里的罐罐瓶瓶

人不只要表皮干净
生活在这美好的土地上
更要净化你的心灵

青春的凯歌不是机械式的喉音

五彩缤纷的世界

需要投以炽热的感情

005 教　室

（1986.04）

（一）

五级阶梯
十行座位
三十个幸运儿
就把这块空间点缀
系统原理
日粮搭配
横向纵向的知识
都在思索中融会

（二）

几叠讲稿
一杯茶水
任你讲得唾沫横飞
照样有人瞌睡
不是我们“食欲不振”
也不是我们精神颓废
是机械灌注式的教学
早就使我们反胃

006　英魂永在，浩气长流

（1986.04）

一九八六年四月十二日，全班同学到南宁烈士陵园瞻仰革命烈士，我受团支部委托，写下了这篇祭文。——题记

逝矣！中华英魂
念天地之悠悠
感日月之长久
沧海茫茫
敢捐血躯主沉浮
楚歌起，山河收
烈士忠魂，直上九天游
看罢嫦娥歌舞，又饮吴刚美酒
虽在九天消永日，仍向人间俯首

千里乾坤，万里神州
几十年人间变革，告慰英烈安休

天悠悠，地悠悠
先烈遗志，我辈来酬

日长久，月长久
英魂永在，浩气长流

007　碧云湖情思

（1986.04）

我还不是毕业生，但一个毕业生告诉我，他很留恋母校。于是，我替他写下这首诗。——题记

我沿着湖边行走
朝晖下
一串外文字母淙淙地汇入
知识的河流

我沿着湖边行走
烈日下
一个朦胧的信念
渐渐地清晰在我心头

我沿着湖边行走
夕阳下
把一个长长的影子
孤零零地甩在身后

啊，碧云湖
你曾陪伴我度过难忘的大学春秋
如今，我怎舍得离你远走

可是，祖国在召唤
我总不能永远在你身边停留
让我们紧紧握手
等到那一天
我会回来重享你的温柔

008　　春　游

（1986.04）

山
水
山抱着水
水吻着山
山水相连的坡地
炊烟袅袅
衣色斑斓

草
木
草拥着木
木护着草
草木吐青的处所
歌喉圆润
笑声朗朗

这里
没有忧愁与悲伤
猜疑和妒忌
也在大自然的净化下消散
这里

没有消沉与彷徨

无聊和孤寂

更不敢占据我们的胸腔

跳吧

青春的舞步在草地上踏响

唱吧

雄壮的歌声在山林中激荡

大自然慷慨的气度

赋予我们丰富的想象

我们的生活才变得如此浪漫

009 毕竟东流去

（1986.05）

时光倒退三百六十五天
一条林荫道
一张石板凳
你的身边坐着我
我的身边坐着你
星汉在头顶闪烁
溪水在脚底潺流
你说：一颗星星就是一个人生
我说：这股溪流代表我的爱情
你不再出声
用泼墨般的秀发
遮住羞赧的脸
只留出一双
脉脉的眼睛

地球公转一周之后
一样的林荫道
一样的石板凳
我的身边却只有你的幻影
星汉仍在头顶闪烁
溪水还在脚底潺流

可在群星之中
我再也找不到你，连同你的
爱的流萤
哗哗的流水声
沙沙的夜风声
就像我的一声声重叹
不轻，不轻……

010　夏天的梦

（1986.05）

告别了春姑娘温暖的朱唇
我织起夏天炽热的梦

骄阳，梦的灵魂
大地，梦的血肉
海洋，梦的感情
蓝天，梦的心胸

黄土高原，梦的性格
珠穆朗玛，梦的形象
沙漠骆驼，梦的英姿
草原奔马，梦的雄风

告别了春姑娘盈盈的秋波
我织起属于男子汉的梦

011　夏　雨

（1986.06）

一场夏雨
打湿了窗外的梧桐
也打湿了我朦胧的春梦

夏雨缺少人情味么
倘若没有这夏雨的滋润
绿叶将会被烈日烤黄
假如没有这夏雨的降温
理智将会被燃烧的欲火冲昏
请莫再责怪这夏雨了
正因为有了它
世界才有了绿色的青春和
清醒的人生

012

远山的篝火

（1986.06）

在天幕扎根的地方
有一座博大的崇山
山的体内，有一堆篝火在点燃
人们说，怎么看不见篝火的光亮
那是因为，人们的目光隔着那遥远的崇山

远山的篝火哟
动物、植物、微生物……
无数生命的机体
组成你的细胞在分裂生长
山脊、鞍部、洼谷地……
连绵起伏的地带
构成你高大的身躯在地球上站立
白天，你狂热地拥抱太阳
夜晚，你静静地依偎在大地丰腴的胸怀
你展现给人们的是你灰蒙蒙的躯体
遮掩住的则是跳动的心脏——
护林员燃起的篝火光

远山的篝火哟
燃烧在遥远的崇山

你曾经被人遗忘
你还在被人遗忘
尽管是在被人遗忘的远山
你却默默地绽发红光
既照亮了山林的黑夜
更照亮了生活的黑暗

013 忧伤的小提琴

（1989.04）

我有一把忧伤的小提琴
每当夜的魔掌
摘去了彤红的落日
它就陪我诉说忧伤的感情

曾几何时
我有了这把忧伤的小提琴
呵，自从那个忧伤的残夜
一颗闪耀的星
突然从我的心空陨落
我就再也离不开它
这把忧伤的小提琴

我常独立于孤冷的残夜
仰望着博远的苍穹
期盼着那颗陨落的星
再度自我的心空升起
可纵使我望眼欲穿
那星也不再升起
我只好不停地拉着
这把忧伤的小提琴

014　红润的篝火晚会
——为八九级新生军训篝火晚会而作

（1989.10）

爽爽秋风
暖暖艳阳
度过了二十八天的军训生活
带着成熟
带着收获
我们迎来了这个红润的夜晚

无法忘记
我们曾拥有过这样的日子
从黎明到黄昏
从晚霞到朝阳
严格的作息制度
严明的组织纪律
使我们仿佛置身于军营，忘记了
这里是曾经一度向往的高等学堂
从队列到射击
从作风到思想
我们接受的不仅是军事知识
坚强的革命意志和高度的组织纪律性

更在我们年轻的心中明生暗长
从教官到学员
从学员到教官
共同的理想，一致的目标
为我们架起了友谊的桥梁
啊，难忘的二十八个昼夜
在漫长的人生旅途中那是何等短暂
可我们得到的东西
却将终生享用不完

皓月当空
篝火在燃
军训生活即将结束
为了这难忘的二十八天
让我们尽情地欢度这个红润的夜晚
不要让脚步凌乱
也别让歌喉紧闭
跳吧，我们的舞姿会使青春更富活力
唱吧，我们的歌声会使人生更为悲壮
让歌声抒发我们深沉的情愫
让舞姿放发出七色的光环
在这月光朗朗，篝火熊熊的
红润的夜晚

015　看　你

（1990.11）

看你
就像看一朵带露的莲花
高洁，典雅

看你
就像看一丝风中的垂柳
婀娜，柔曼

看你
就像看一座雨后的群山
清新，爽朗

看你
就像看一轮喷薄的朝阳
光辉，灿烂

看你
真像看一部脍炙人口的书
终生无厌，永远难忘

016 愿你倾听我的琴声

（1990.11）

愿你倾听我的琴声
它是我如歌如诉的青春

愿你倾听我的琴声
它是我满目疮痍的人生

愿你倾听我的琴声
它是我献给你的一片真诚

啊，我的琴声！
你未曾听过，怎不陌生？
你是否想听？
他可是我心中的某一种永恒！

017 昨夜的雨

（1990.11）

昨夜的雨
淅淅沥沥
那是我伤心的哭泣

昨夜的雨
点点滴滴
那是我痛苦的回忆

昨夜的雨
无边无际
那是我惆怅的情意

昨夜的雨
因我见不到你
它也变得十分地忧郁

•

018

致 某 某

（1990.11）

我没认识你
就已认识你的名字
正如人们未见朝阳
却先被朝霞迷住

当我认识你
眼睛就不能旁视
你的耀人的光彩
一开始就夺去了我的双目

我没了解你
已先有了解的兴致
你的言行，你的颦笑
一开始就引起我极大的关注

当我了解你
内心就立下了盟誓
你的娇美，你的柔善
已经使我深深爱慕

我没爱上你

就曾警告过理智
凭我龌龊的感情
怎配向你流露

当我爱上你
却已无法把握理智
任真情自由地奔泻吧
即使天崩地裂我也全然不顾

019 心　旅

（1990.11）

（一）

跋涉于荒芜的沙漠
顶着风沙
它在寻找一片富饶的绿洲
奔走于无垠的旷野
冒着雨雪
它在寻找一幢温馨的小楼
呵，我的心
它跨过冬夏，越过春秋
可艰难的旅途哪里才是奔波的尽头

（二）

颠簸于湍急的江河
躲着礁石
它在寻找一处平缓的浅滩
漂泊于苍茫的大海
斗着恶浪
它在寻找一座宁静的港湾
呵，我的心
它历尽风险，饱经沧桑
可艰难的旅途哪里才是停泊的口岸

（三）

踯躅于凛冽的白昼

迎着寒风

它在寻找一个安详的夜晚

徘徊于孤冷的残夜

披着寒星

它在寻找一堆熊熊的火光

呵，我的心

它倍感凄冷，更觉孤寒

可艰难的旅途哪里才有温暖的阳光

（四）

投足于浑浊的泥潭

防着污垢

它在寻找一股荷花的芳香

混迹于万恶的赌场

怀着警戒

它在寻找一柄防身的刀枪

呵，我的心

它痛恨丑恶，害怕被伤

可艰难的旅途何时才结束孤独的流浪

020 我不能再沉默

（1990.11）

某某，我不能再沉默
岩浆已沸腾
地壳已失去了压制力
爆发吧，我心中的火山
若再迟疑
我就要在沉默中灭亡

某某，你别惊慌
当汹涌的岩浆向你扑来
你要镇定，更要勇敢
迎着滚烫的岩浆走去吧
它不会把你吞噬
也不会把你灼伤
它要把你溶进生命的热流
和你奔向辽阔的前方

某某，我不能再沉默
你也千万别慌张
为了造就这次爆发
我沉默的时间已经很长很长
我还要沉默么

我还能沉默么
生命赋予我的
已没有太多沉默的时光
珍惜机会吧
若再犹豫
一切都将是枉然

021 我在等待

（1990.12）

某某，我在等待
等待你秀丽的脸
送来一缕和煦的春风
把我心中久郁的愁云吹开

某某，我在等待
等待你迷人的眼
送来一泓脉脉的秋波
洗涤我心中久积的尘埃

某某，我在等待
等待你温柔的心
给我一丝甜蜜的爱
让我尽快结束这痛苦的等待

022　快乐起来吧，美丽的百灵

（1990.12）

从前
每当我走进属于你的那片树林
看到的
是你轻盈翻飞的身影
和你投向我的一束明净的目光
听到的
是你婉转动人的啼鸣
和你报以我的一声悦耳的歌唱
可如今
当我再走进那片树林
你却变成了另一个模样：
身影凝重
目光暗淡
神情忧伤
歌声凄然
仿佛你翱翔的天空
已失去了灿烂的阳光

呵，美丽的百灵
是谁令你如此忧伤?
是谁缚住了你轻盈的翅膀

使你无法在自己的天空中
自由快乐地飞翔?
是我！是我！
是我向你射去了那支淬过毒的利箭
狠心地将你射得遍体鳞伤
你才变得如此的伤感
而我的蓝色的思潮里
亦涌起了深深的愧疚和沉重的哀叹

呵，美丽的百灵
只要我的忏悔能舒展你受缚的翅膀
只要我的祈祷能慰藉你无言的忧伤
我愿在你的树林里跪上一万年
任自然的变迁把我的躯壳风干
只留下一副忠实于你的肝胆

呵，快乐起来吧，美丽的百灵！
穿过你眼前的乌云
迎接你的又将是明媚的阳光
只要你眼中有我，心中无我
你翱翔的天空将会更加自由，宽广！

023　冬天的雨

（1990.12）

下雨了
这是冬天的雨
窗外，雨丝飞扬
飘落我的窗台
溅进我的小屋
打湿我身上单薄的衣服

下雨了
这是冬天的雨
门外，尖风如刃
穿过我的门缝
钻进我的小屋
割裂我手上冰凉的肌肤

呵，冬天的雨
你为何这般寒风刺骨
你是否知道我的心已在哭
伊人呀
你为何如此无情冷酷
你为何对我的人一点也不在乎

下雨了

这是冬天的雨

屋里，泪眼蒙胧

孤心凄楚

024　为何天天在想你

（1991.04）

明知爱你是一种无望的哭泣，
为何天天在想你？
每当清晨醒来，
噩梦的余悸还未消失，
心中首先想到的总是你；
而当夜晚躺在如铁的布衾里，
辗转反侧难以成眠之时，
眼前闪烁着的也总是你婀娜的影子

唉，明知爱你不是一个好消息，
为何天天在想你？
上帝啊，快来解释：
这究竟是何种道理？！

025　既　然

（1992.01）

既然我的爱是你不幸的祸根，
我又何必施之与你？
看你那日渐苍白的脸庞，
风华正茂却已落满了秋霜，
我的良心如同火烫一般。

既然我的爱是你痛苦的源泉
我又何必施之与你？
看你那日渐黯淡的眼神，
正当妙龄却已失去了灵光，
我的良心如同刀剜一般。

罢、罢、罢！既然爱你是害你，
我又何必做这感情的罪人？
只要你像从前一样自由快乐，
不再为了逃避我而四处躲藏，
我愿将不幸和痛苦全揽到自己肩上。

026 思　念

（1992.11）

像风中的记忆
模糊久远
像雨里的牵挂
遥遥无期
像春天的野草
烧了还生
像秋日的山火
灭之犹旺
思念
就像一株顽强的幼苗
屡遭挫折
依然茁壮

027　寻找回来的印象

（1992.11）

一天，
忽然有人问我：
你是否还记得一个
美如秋月的名字？
于是，
我翻开了记忆全部的画卷，
一页页仔细地寻找着一幅
似清晰、又似模糊的图像。
终于，
在画卷的倒数第 N 页里，
我看到了一幅翰墨犹香的丹青。
哦，原来是你：
一个温柔文静，
眼含碧波的女孩！

028 让一切随缘

（1994.04）

既然命里注定要分手
就让一切随缘吧
每一具生灵
都有前生注定的姻缘
你和他，也许只是
两列相向的火车
虽曾相遇、相憩
却终将背道而驰、各奔东西
那么，就让一切随缘吧
依依不舍，你将永远走不出
感情的沼泽地

029 乘着理想的翅膀飞翔——给财会系 2016 届毕业生的临别赠言

（2016.06）

记得匆匆那年
我教你们唱《中国财务学之歌》时
你们才刚刚踏进美丽的西大校园
身上还残留着明显的高考过后的疲态

那时的你们
一脸倦容
却又稚气欢腾
仿佛那高考时留下的心魔
已被那钟馗捉去

那时的你们
一身疲惫
却又活力四射
仿佛那高考时耗损的元神
又被那仙姑送回

那时的你们

心中充满着新鲜、好奇
茫然、困惑
仿佛那崭新的生活
在于你们，是多么的新奇而又
无所适从

那时的你们
哪像今天的样子
你们看，你们看
财管 121 班的叶培思
他还是四年前的样子吗
会计 121 班的覃玮婷
她还是四年前的样子吗
你们再互相看一看周围的同学
大家都还是四年前的样子吗
不是了，不是了
经过了四年西大校园的熏陶
大家都变了
当年的那些萌萌的小萝莉
如今都已变成了一个个知性美女
当年的那些愣愣的小鲜肉
如今也都变成了一个个学霸俊男

变了，变了
你们都变了

世界也变了
很快，你们的生活又要变了
几天之后
你们就要踏上新的征程
开始你们新的生活
母校在于你们
即将成为终生的回忆
老师在于你们
即将成为永久的思念
同学在于你们
即将成为后悔当年没下手的对象
大学生活在于你们
即将成为一辈子都会怀念的“青葱岁月”

世界已经改变
你们的生活也即将改变
但是，老师和学生之间的深情厚谊永远不会改变
财管 121 班的张家鸣啊
如果我的来生是一个白富美
我一定把我的初恋、初吻，甚至初什么的都献给你
财管 122 班的胡菀麟啊
如果我的下辈子是一个高富帅
我一定像陈建斌喊孙俪那样
在梦中深情地喊你一声“菀菀”
同学们啊，你们一个个鲜活可爱的样子

叫老师如何把你们忘记
老师爱你们的心永远不会改变

师生之情虽然不会改变
但人的理想却是可以，甚至应该改变
童年时候的理想，或许是
静静地躺在妈妈的怀里
听妈妈唱一首《童年的小摇车》
少年时候的理想，也许是
和爸爸妈妈一起荡舟湖心
共同唱一曲《让我们荡起双桨》
如今，你们已是青年
你们的理想是什么
将来，你们还会是中年，甚至老年
你们的理想又是什么
人生不能没有理想，而且
成年人的理想不能和未成年人的理想一样
那么的单纯、那么的唯我
成年人要有责任、要有担当
要有个人喜好
更要有家国情怀

不管是青年、中年，还是老年
只有把个人的理想
与团队的荣辱、单位的兴衰联系在一起

与社会的责任、国家的命运结合在一起
那才是一个成年人应有的理想

同学们啊
昨天，你们是一群嗷嗷待哺的雏鹰
母校是你们肆意扑棱的鸟巢
老师是你们随意撒娇的父母
但是今天
你们已经成长为一群跃跃欲试的雄鹰
蓝天就在你们的眼前
白云也必将在你们的脚下
展翅吧，中国财会领域的又一群雄鹰
乘着你们理想的翅膀
朝着那广袤的天穹
高喊着我曾经写给你们的那句
“西大财会，实力不赖；
驰骋职场，人见人爱”的口号
尽情地、自由地飞翔吧！

030 新一轮织梦、追梦和圆梦之旅开始啦——致广西大学会计专硕 2017 届（首届）毕业生

（2017.06）

记得那年三月，月末
春寒料峭，乍暖还寒
是不是还有一丝丝霏霏的霪雨呢?
我的记忆已经不那么清晰了
我的记忆里清晰的，只是
你们面试时的一些场景

“各（guo）位老师好！我叫肖科（kuo）斌（ben）。”
肖科斌同学浓重的湖南地方口音
一开口做自我介绍就把大家都逗乐了

“大家好！我是霍雨婷儿。”
霍雨婷同学纯正的北方腔调
也让我至今犹如在耳

还有“董曼旎”这个人见人爱的名字
让我怀疑你的爸爸妈妈是不是在英国生的你，否则
怎么会给你取这么一个洋气、财气都很十足的名字呢？！

Money，Money，我们很爱你！

杜倩呢？西大行健学院毕业的大美女哦
面试时你显得有些腼腆
不怎么敢说话
于是，就有老师给你打了较低的分
但你那美丽的倩影
从那刻起，就再也走不出我的脑海 ......

那年三月，月末，你们参加复试
很多的场景都已深深地烙在了我的记忆里

还是那年，九月，将近月半
离南宁的秋天还远着呢的时候
你们带着行李
还带着一些我也猜不透的心情
再一次踏进了广西大学，踏进了商学院
从此，你们就开始了一段历时两年的专硕生活

还记得我给你们讲的新生第一课吗？
我希望你们用三首歌来唱响你们的专硕生活
第一首是《望月》
借以希望你们用心编织你们专硕两年的梦想
第二首是《我像雪花天上来》
借以鼓励你们努力追求你们专硕两年的梦想

第三首是《那就是我》
借以祝愿你们早日实现你们专硕两年的梦想
今天，两年时间已经过去
专硕的生活已然结束
你们织梦、追梦和圆梦了吗？

彭琨懿啊，你主动延期参加学位论文答辩
难道是在编织、追逐、想圆一个更大的梦想吗？

肖轩啊，你选择去深圳就业而不是上海
难道就不担心一点那个什么吗？

丁春莹啊，教师这个职业难道不适合你？
你至今还在犹犹豫豫吗？

万正磊，考公务员还顺利吧？
你那质朴的样子，在风清气正的环境里，或许
能够有助于你的公务员之路直通青云

还有吴苑毓，还记得我是怎么夸你的吗？
我说过，你拥有不亚于“华妃娘娘”的高贵气质
但我今天不想夸你，只想祝福你，祝福你
拥有比“华妃娘娘”绝对美好的事业和生活
在“前朝”，你一定会工作顺利，事业有成
在“后宫”，你一定会独享专宠，子嗣延绵

你的字典里，永远没有“小主”这个词
更没有所谓的“雨露均沾”这种乱七八糟的概念
有的全都是幸福、美满、吉祥和如意！
吴苑毓啊，老师这样祝福你，你开心吗？

我不仅这样祝福吴苑毓
我也这样祝福会计专硕 2017 届的每一位毕业生
祝福你们拥有跟吴苑毓一样的，美好的未来！

时光如流水，不知不觉间
就流掉了大家两年的时光
当年孙鹏在课堂上做案例报告的神态
还有王文慧迟到时躬身溜进教室的囧样
这些都还历历在目
可转眼之间，你们都毕业了

毕业，就意味着就业或者创业
只有毕业就业，或者创业了
你们的人生之路才算是真正地开始了
当你们即将开始新一轮的织梦、追梦和圆梦之旅时
那三首歌又再一次回荡在了我的耳边

“月亮在天上，我在地上，
就像你在海角，我在天涯。
月亮升得再高，也高不过天；

你走得多么远，也走不出我的思念。”

“你可知道雪花坚贞的向往，
就是化作水珠也渴望着爱；
你可知道秋叶不懈的追求，
就是化作泥土也追寻着爱。”

“我思恋故乡的明月，
还有青山映在水中的倒影。
噢，妈妈，
如果你听到远方飘来的山歌，
那就是我，那就是我，那就是我！”

同学们，再过三天
你们就要开始新一轮的织梦、追梦和圆梦之旅了
让老师再一次祝福你们，祝福你们
在未来的织梦、追梦和圆梦之旅中
每一个人都能够做出一场场属于自己，也属于中国的
精彩纷呈的——好梦！

第三部分

楹联

（33副）

001　无事常聆神仙乐

（1988.12）

上联：无事常聆神仙乐
下联：有暇更诵圣贤书
横批：修心养性

创作背景

1988 年 7 月，我结束讲师团的支教工作回到广西农学院林学分院工作。回来后，我用一年来的积蓄买了一台双卡录音机和一些流行歌曲、小提琴曲、交响曲的录音带。听着磁带音乐，看着文艺书籍，就写了这副对联。

联之意涵

无事的时候常常聆听优美的音乐，有空的时候更是吟诵圣贤的诗书，以此来修心养性。

联之注释

“神仙乐”，原指神仙听的音乐。这里指优美好听的音乐。

“圣贤”，是圣人与贤人的合称；亦指品德高尚，有超凡才智的人。“圣贤书”，指历代圣贤所著的诗书。

“聆”，指听。

“诵”，指朗读、背诵、述说等。

“修心”，使心灵纯洁；“养性”，使本性不受损害。“修心养性”，意思是通过自我反省体察，使身心达到完美的境界。

002　身陷囹圄

（1993.01）

上联：身陷囹圄，满腹经纶有甚用
下联：难逃虎穴，胸怀壮志又如何
横批：怀才不遇

创作背景

我 1992 年上半年就已提出调离林学分院，折腾了大半年时间还不能如愿。这段时间里家庭出了重大变故，我情绪低落到了极点，一心想逃离这个地方换换环境，但领导就是不批准。我心情激愤之际，写下了这副对联。

联之意涵

身陷这个受束缚、受压抑的地方，满腹经纶有什么用？难以逃脱这个危险的境地，胸怀壮志又能如何？真是怀才不遇啊！

联之注释

“囹圄”，本义指监狱，后也引申为束缚、压抑之境地。

“身陷囹圄”，指失去人身自由，正在监牢里受苦。也表示陷入困难或束缚之中。

“满腹经纶”，形容人很有才学和智谋。

“虎穴”，本义指老虎的洞穴。比喻危险的境地。

“胸怀壮志”，指一个人有着远大的理想和抱负，有着强烈的进取心和追求卓越的动力。

“怀才不遇”，指胸怀才学但生不逢时，难以施展，不被赏识任用。多指屈居不得志。

003　离了旧屋

（1995.03）

上联：离了旧屋，进了新宅，新颜当然替了旧貌
下联：住得安逸，吃得乐津，乐业岂可不得安居
横批：好好好好

创作背景

我于 1994 年 10 月领取结婚证，1995 年春节回农村老家举办婚礼。这期间学校一直都没有给我分配套间宿舍，直到 1995 年 3 月 30 日，我才从东区 12 栋单间宿舍搬进西区 1 栋一房一厅的套间宿舍。搬家那天，我写了这副对联贴在了新居的门口。

联之意涵

离开了旧屋，住进了新宅，新颜当然替换了旧貌；住得安心舒适、安稳太平，吃得开心快乐、津津有味，乐业哪能不得先安居！很好，很好！

联之注释

“安逸”，指安心舒适，安稳太平。

“津”，指渡口、途径、水、体液、滋润、资助、补贴等。这里指滋润。

“乐津”，指开心快乐，津津有味。

“安居乐业”，形容安定的生活，愉快地工作。

“好好好好”，可以解读为好，好，好，好！也可以解读为好好，好好（即很好，很好）！此外，横批的四个好字还代表四双子女，寓意人丁兴旺。

004 岁月不能留人

（1996.10）

上联：岁月不能留人，人为何不能留住岁月
下联：青春未曾负我，我自然未曾负了青春
横批：应该应该

创作背景

1996年10月的某一天，好朋友、好兄弟黎明生日，我们一起喝起小酒，酒酣耳热之际，感慨岁月匆匆，青春易逝，一时兴起，写了这副对联赠与他。

联之意涵

岁月不能把人留住，人为什么不能通过珍惜时光，在有限的时光里做出更多有意义的事情，从而间接地把岁月留住呢？青春没有辜负于我，我自然也要奋发有为，不能辜负了我的青春。这是很应该的。

联之注释

这副对联，“岁月”对“青春”，“不能”对“未曾”，“留”对“负”，“人”对“我”，“为何”对“自然”，总体上看很工整。

005　岁岁辞旧岁

（2001.01）

上联：岁岁辞旧岁，岁岁兴旺
下联：年年迎新年，年年发达
横批：出入平安

创作背景

这是 2001 年春节来临之际题写的春联，无特殊背景。

联之意涵

岁岁辞旧岁，岁岁都兴旺；年年迎新年，年年都发达。出入平安。

联之注释

这副对联，“岁岁”对“年年”，“辞旧岁”对“迎新年”，“兴旺”对“发达”，总体上看很工整。

006～007 旧岁去了仍余旧管（二副）

（2002.01）

（一）

上联：旧岁去了仍余旧管

下联：新年来也可有新收

横批：有有有有

（二）

上联：旧岁去了仍余旧管

下联：新年来也更有新收

横批：实在满仓

创作背景

2002年春节来临之际题写的春联，无特殊背景。

联之意涵

（一）旧岁去了仍然有上年结余的钱财，新年来了是不是有本年收入的钱财呢？有有有有！

（二）旧岁去了仍然有上年结余的钱财，新年来了更加有本年收入的钱财。年末结余的钱财堆满仓库！

联之注释

我国古代官厅会计中的“四柱结算法”，是古代按照“四柱”的特定格式，定期清算账目的一种结算方法。它产生于隋唐，普及于宋，由官厅会计核算中使用的“三柱法”发展演变而成，即将“三柱法”中的“入”分为“旧管”和“新收”两柱，构成“旧管”“新收”“开除”“实在”四柱，分别相当于现代会计中的“上期结存”“本期收入”“本期支出”“期末结存”。这四大要素，古人形象地把它比作支撑大厦的四根支柱，以此表明四大要素在会计核算中的重要作用，故有“四柱”之名。这两副对联巧妙地把“旧管”“新收”“实在”嵌入其中，体现了会计学者写春联的独特风格。

008 出门求财

（2003.02）

上联：出门求财，财源滚滚不烫手

下联：入宅享福，福气腾腾很开心

横批：富贵安康

创作背景

2003 年春节来临之际题写的春联，无特殊背景。

联之意涵

出门去求财，财富积累得很轻松、很顺利、很快速；入宅来享福，福气积聚得很旺盛、很升腾、很开心。富贵，平安，健康！

联之注释

“财源滚滚”，意思是做的买卖蒸蒸日上，每天的客人源源不断，收入越来越多，像水流一样永无止境。形容财富积累得很轻松而且速度快。

“烫手”，比喻事情难办。“不烫手”，就是事情不难办，很顺利。

“福气”，指享受幸福的运气。

“腾腾”，比喻旺盛、升腾等。如热气腾腾等。

009 马岁学习曾进步

（2015.02）

上联：马岁学习曾进步
下联：羊年金榜必题名
横批：心想事成

创作背景

我儿子将在 2015 年高中毕业参加高考，在 2015 年春节来临之际给他题写这副对联，一是表扬他在 2014 年学习上取得的进步，二是祝愿他在 2015 年高考中能够金榜题名。

联之意涵

2014 年学习上曾经取得进步，2015 年高考必定金榜题名。祝儿子心想事成！

联之注释

“马岁”，指 2014 年，这一年农历生肖属马。

“羊年”，指 2015 年，这一年农历生肖属羊。

“金榜”，是古代揭晓科举考试殿试成绩的排名榜。“金榜题名”，本义是指科举时代考生考中进士，荣登殿试录取榜单之上，后泛指考试被录取。关于“金榜题名”的由来，宋代《太平广记》中记述了这样一个传说：有一个叫崔绍的人在病中做了一个梦，梦见他漂游到了阴间，看见有金、银、铁三种榜。金榜名列将相；其次是银榜；州县官都在铁榜上。所以之后的人们就认为金榜代表着名利地位，是做官的象征。唐代何扶《寄旧同年》诗："金榜题名墨尚新，今年依旧去年春。花间每被红妆问，何事重来只一人。"后人由此提炼出成语"金榜题名"。

010 门前景色非常好

（2015.02）

上联：门前景色非常好，好好好好好好
下联：屋内钱粮足够多，多多多多多多
横批：心旷神怡

创作背景

2015年春节题写的春联，无特殊背景。

联之意涵

门前景色非常好，很好，很好，很好！屋内钱粮足够多，好多，好多，好多！心情愉快，精神舒畅。

联之注释

在汉语词典中，“好”字用在形容词、动词前，表示程度深，并带有感叹语气，如：好冷、好漂亮，也可以说成：很冷、很漂亮。因此，上联的六个“好”字，就可以有三种基本读法。第一种，读“好，好好，好好好”，相当于读“好，很好，非常好”。第二种，读“好好，好好，好好”，相当于读“很好，很好，很好”。第三种，读“好好好，好好好”，相当于读“非常好，非常好”。

与“好”字相类似，“多”字用在感叹句里，表示程度很高，如：这件事你做得多好！相当于说：这件事你做得很好！因此，下联的六个“多”字，也可以有三种基本读法。第一种，读“多，多多，多多多”，相当于读“多，很多，非常多”。第二种，读“多多，多多，多多”，相当于读“很多，很多，很多”。第三种，读“多多多，多多多”，相当于读“非常多，非常多”。

“心旷神怡”，意思是心情愉快，精神舒畅。

011～012

万马奔腾（二副）

（2015.02）

（一）

上联：万马奔腾随冬去

下联：三阳开泰迎春来

横批：富贵花开

（二）

上联：万马奔腾辞旧岁

下联：三阳开泰迎新年

横批：春满人间

创作背景

2015 年春节题写的春联，无特殊背景。

联之意涵

（一）万马奔腾随着冬天而去，三阳开泰迎接春天到来。富贵的花也开了。

（二）万马奔腾辞别旧岁，三阳开泰迎接新春。春满人间。

2014 年是农历马年，2015 年是农历羊年。万马奔腾随冬去、辞旧岁均表示辞别 2014 年马年；三阳开泰迎春来、迎新年均表示迎接 2015 年羊年的到来。

联之注释

“万马奔腾”，意思是成千上万匹马在奔跑腾跃。形容群众性的活动声势浩大或场面热烈。

“三阳”:《易经》以十一月为复卦，一阳生于下；十二月为临卦，二阳生于下；正月为泰卦，三阳生于下。“三阳开泰”，指冬去春来，阴消阳长，是吉利的象征。后用作新年开始时的祝福语。

“春满人间”，意为生机勃勃的春意溢满人间。宋代曾巩《班春亭》诗:“山亭尝自绝浮埃，山路辉光五马来。春满人间不知主，谁言炉冶此中开？”

013 住新屋，过新年

（2015.02）

上联：住新屋，过新年，年年岁岁屋兴旺
下联：离旧宅，辞旧岁，岁岁年年宅平安
横批：福禄寿喜

创作背景

长兄2014年年底乔迁新居，乔迁后不久就到了2015年春节。这副对联就是写给长兄，让他在春节时贴在新居大门的。

联之意涵

住进新屋里过新年，年年岁岁这间新屋子都兴旺；离开旧宅了辞旧岁，岁岁年年那间旧宅子也平安。福禄寿喜四神护佑。

联之注释

“福禄寿喜”，是天界分别掌管降福施祥、功名利禄、寿命、吉祥的四神。

福星即岁星，能降福施祥。主要祈求：福星高照、福运绵延、增岁添福、五福临门、福至心灵、福贵双全、阖家平安、健康长寿、长命富贵、岁岁平安。

禄星即文曲星，为官职禄位之神，是主管功名利禄的星官。主要祈求：官运亨通、加官进爵、禄寿禧安、状元及第、步步高升、平步青云、大吉大利、前程似锦、工作顺利、事业有成。

寿星又称老人星，是主掌人的寿命的星神。主要祈求：健康长寿、长命百岁、寿比南山、寿高福大、福寿双全、福寿康宁、益寿延年、寿元无量。

喜神就是人们所祈求的吉神，也称吉祥神，能满足人们喜庆的需要，更受世俗婚姻的欢迎。主要祈求：喜结良缘、开业大吉、乔迁之喜、喜事连连、吉庆有余、喜气盈门、吉祥如意、十全十美。

014 出门办事天天顺

（2015.02）

上联：出门办事天天顺，顺顺顺顺顺顺
下联：入宅生活日日甜，甜甜甜甜甜甜
横批：幸福开心

创作背景

2015 年春节题写的春联，无特殊背景。

联之意涵

出门办事天天顺，很顺，很顺，很顺；入宅生活日日甜，好甜，好甜，好甜！过得幸福开心。

联之注释

上联的六个“顺”字和下联的六个“甜”字，与第十副对联的六个“好”字和六个“多”字一样，有三种基本的读法，这里不赘述。

015 父亲当年

（2015.07）

上联：父亲当年，连考两回才高中
下联：儿子今日，只需一试便登科
横批：青出于蓝

创作背景

我儿子 2015 年参加高考，顺利地被广西大学数学与信息科学学院录取。2015 年 8 月 23 日农历七月初十，我母亲生日这天，家里举行了隆重的家宴，一为母亲做寿，二为庆祝我儿子金榜题名。我为了筹备这一天的家宴，提前在 7 月份就写好了这副对联以及下面的三副对联。

联之意涵

父亲当年，连考两次才考上大学；儿子今日，只是考了一次就考上了。真是青出于蓝而胜于蓝啊！

联之注释

当“中”字读 zhōng，“高中”是高级中学的简称；当“中”字读 zhòng，“高中”指考中了更高级别的学校，这里指考上了大学。古代科举考试“考中状元”也叫“高中状元”。这时的“中”zhòng 字表示“因符合某种条件而有所获得”的意思。

“登科”，原指科举时代应考人被录取。现泛指高考被录取或考上大学。宋代司马光《送崔尉之官巢县》诗：“登科如拾遗，举步欻千里。”清代黄遵宪《拜曾祖母李太夫人墓》诗：“儿年九岁时，阿爷报登科。”鲁迅《中国小说史略》第二六篇：“唐人登科之后，多作冶游。”

016 祖母生辰

（2015.07）

上联：祖母生辰，全家快乐，共祝寿星，
心宽体健，笑口常开超百岁
下联：孙儿及第，满室增辉，同期英俊，
志大才高，功名显赫逾千年
横批：双喜临门

创作背景

为母亲寿宴和儿子升学宴而作。

联之意涵

祖母生日，全家人都很快乐，共同祝福寿星开朗乐观、身体健康，笑口常开，活到一百多岁；孙儿考上大学，整个屋子都增添光彩，共同期盼英俊青年志向远大、才学高深，功名显赫影响超过一千年。双喜临门！

联之注释

“心宽”，指开朗乐观不忧愁。“体健”，指身体健康。

“笑口常开”，形容人十分乐观、快乐，无忧无虑。

“及第”，指科举考试应试中选，因榜上题名有甲乙次第，故名。隋唐只用于考中进士，明清两代只用于殿试前三名：状元、榜眼、探花，分别有状元及第、榜眼及第、探花及第的称谓。

“满室增辉”，指整个屋子都增添光彩。

“期”，指期盼，期望。

“英俊”，形容词作名词用，指英俊青年。

“才高”，指才学高深。

“功名显赫”，形容功绩和名声盛大显著。

017 武岭男儿

（2015.07）

上联：武岭男儿，自幼勤学，何曾懒惰，
如今高中，感念师恩深过海
下联：韦家子弟，从来苦练，哪敢松弛，
眼下登科，怀思祖业重于山
横批：志存高远

创作背景

为母亲寿宴和儿子升学宴而作。

联之意涵

武岭村的男儿，从小就勤奋好学，没有懒惰过，如今考上大学，感激思念老师的恩情比大海还深；韦姓家的子弟，从来都刻苦练习，哪里敢松弛，现在被大学录取，心中怀念祖宗的家业比高山还重。一定要志存高远。

联之注释

“感念”，指因感激或感动而产生思念。

“眼下”，指目前，现时。

“怀思”，指怀念，思念。

018　武岭钟灵

（2015.07）

上联：武岭钟灵，自古英才代代有

下联：韦族毓秀，从来孝子家家出

横批：人杰地灵

创作背景

为母亲寿宴和儿子升学宴而作。

联之意涵

武岭村这个地方，灵秀之气汇聚，自古以来才智杰出的人每一代都有；韦氏家族所居之地，山川秀美，人才辈出，从来孝敬父母的儿女在每一个家庭都会出现。这里人物俊杰，地方灵秀。

联之注释

“钟灵”，指灵秀之气汇聚；“毓秀”，指山川秀美人才辈出。

“钟灵毓秀”，意思是凝聚了天地间的灵气，孕育着优秀的人物。指山川秀美，人才辈出。

“人杰地灵”，指人物俊杰，地方灵秀。指凡杰出的人物出生或到过的地方，那里就会成为名胜之区。后多指杰出人物生于灵秀之地。

019 年年过年

（2018.02）

上联：年年过年，年年都顺利

下联：岁岁添岁，岁岁俱平安

横批：吉祥如意

创作背景

2018 年 2 月 13 日为 2018 年春节题写的春联，无特殊背景。

联之意涵

年年过年，年年都很顺利；岁岁添岁，岁岁都很平安。吉祥如意。

联之注释

“俱”，指全，都。

“吉祥如意”，多用于祝颂他人美满称心。

020　新屋建就

（2018.10）

上联：新屋建就，祥云环绕千秋盛
下联：旺宅乔迁，瑞气升腾万代兴
横批：富贵平安

创作背景

2018 年 11 月前后，我小弟乔迁新居，我于 10 月 23 日为其撰写了这副对联，在乔迁当日张贴于新居大门两侧，讨个吉利。

联之意涵

新屋建成了，吉祥的云气环绕在屋子的四周，一千年都繁荣昌盛；旺宅住进了，祥瑞的云气升腾在屋子的上空，一万代都兴旺发达。既富贵又平安。

联之注释

"祥云"，指吉祥的云气，传说中神仙所驾的彩云。又指吉祥的云彩。北周庾信《广饶公宇文公神道碑》："祥云入境，行雨随轩。"唐代赵彦昭《奉和人日清晖阁宴群臣遇雪应制》："祥云应早岁，瑞雪候初旬。"明代谢谠《四喜记 · 双桂联芳》："香雾青霏，祥云红绕。"

"乔迁"，比喻人搬到好地方居住或官职高升，多用于祝贺。

"瑞气"，指祥瑞的云气，吉祥之气。

"升腾"，指向上升起，向高处迁移。引申为涌出，爆发出。

021　旺犬功成

（2019.01）

上联：旺犬功成，踌躇满志陪冬去
下联：金猪亮相，意气风发伴春来
横批：万象更新

创作背景

2019 年 1 月 12 日为 2019 年春节题写的春联，无特殊背景。

联之意涵

旺犬的功绩已经完成，它心满意足、从容自得地陪着冬天退去了；金猪亮出身段，精神振奋，气概豪迈地伴随着春天来到了。宇宙间的一切事物或景象都改变了面貌，显现出一片欣欣向荣的新气象。

此联采用拟人化的手法，把 2018 年农历狗年的结束比作旺犬功成陪冬去，把 2019 年农历猪年的到来比作金猪亮相伴春来。

联之注释

“踌躇满志”，多用来形容心满意足、从容自得或十分得意的样子。

“亮相”，本义是指戏曲演员在上场、下场时或表演中，由动的身段变为短时的静止姿势，以突出角色情绪，加强戏剧气氛。也比喻公开露面或表演，公开表示态度，亮明观点。

“意气风发”，形容精神振奋，气概豪迈。

“万象更新”，指宇宙间的一切事物或景象都改变了面貌，显现出一片欣欣向荣的新气象。

022 春回大地

（2019.01）

上联：春回大地，武岭山川多锦绣

下联：绿满神州，韦家子弟永安康

横批：福寿绵长

创作背景

2019年1月16日为2019年春节题写的春联，无特殊背景。

联之意涵

严冬过去，春天再度降临大地，武岭村的山川非常壮美秀丽；春天来了，绿色布满华夏大地，韦姓家的子弟永远平安健康。祝大家福多寿高。

联之注释

"春回大地"，指严冬过去，春天再度降临大地。比喻情势好转，或事情圆满成功。出自宋代周紫芝《太仓稊米集·岁杪雨雪连日闷题二首》诗："树头雪过梅犹在，地上春回柳未知。"

"锦绣"，指精美鲜艳的丝织品，比喻美丽，美好，壮美秀丽。

"绿满神州"，指春天来了，万物复苏，绿色布满整个华夏大地。

"福寿绵长"，意思是福多寿高，是祝颂之辞。

023　吉星高照平安宅

（2019.01）

上联：吉星高照平安宅

下联：好运常临喜庆家

横批：春意盎然

创作背景

2019年1月23日为2019年春节题写的春联，无特殊背景。

联之意涵

吉祥之星高高照着平安的宅子，美好运气常常驾临喜庆的家里。春天的气息十分浓厚！

联之注释

“吉星”，指福、禄、寿三星，古人以为吉祥之星。“吉星高照”，指吉祥之星高高照着。

“春意盎然”，形容春天的气息十分浓厚。意：意味，韵味，气息。盎然：形容气氛浓厚的样子。

024～025 旧岁去了（二副）

（2019.01）

（一）

上联：旧岁去了，家中仍然余旧管

下联：新年来也，地里更是有新收

横批：实在满仓

（二）

上联：旧岁去了，家中旧管何曾少

下联：新年来也，地里新收更是多

横批：实在盈门

创作背景

2019 年 1 月 29 日为 2019 年春节题写的春联，无特殊背景。

联之意涵

（一）旧的一年过去了，家中仍然剩下上年结余的钱财；新的一年到来了，工作上更是有本年收入的钱财。希望年末结余的钱财堆满仓库。

（二）旧的一年过去了，家中上年结余的钱财什么时候少过？新的一年到来了，工作上本年收入的钱财更是多多的。希望年末结余的钱财堆到家中的门口。

联之注释

“旧管”，“新收”，“开除”，“实在”，是我国古代官厅会计中

"四柱结算法"的四个术语，在这两副对联里分别代表"上年结余"，"本年收入"，"本年支出"，"年末结余"。

"何曾"，用反问的语气表示未曾。

026　粥送酒，酒送粥

（2019.07）

上联：粥送酒，酒送粥，粥酒酒粥歌岁月
下联：酒送粥，粥送酒，酒粥粥酒唱年华
横批：快意人生

创作背景

我喜欢喝粥和喝酒，这是我在饮食上的两大爱好。2019 年 7 月 8 日晚上，我独自在家喝粥和喝酒，因为当天回家得比较晚，只简单炒了一个素菜就喝起来了。喝到后面就只剩下粥和酒，一时感慨，写了这副对联。

联之意涵

用粥来送酒，用酒来送粥，即使是粥送酒、酒送粥，也要歌颂过去的难忘岁月；用酒来送粥，用粥来送酒，即使是酒送粥、粥送酒，也要歌唱当今的美好年华。就这样享受愉快舒畅的人生！

联之注释

“岁月”，通常用来指时间，尤其是过去的日子。常用来形容一段历史时期，也用来形容一段生活经历，还经常用来承载人们的感情。它是世间万象的载体，可以容纳世间一切酸甜苦辣。

“年华”，意思是年岁；年纪；岁月；时光；谓春光；指一年中的好时节；年成。

“快意”，表示内心瞬间放松，很高兴。形容愉快舒畅的心情。

027　留足喜悦

（2020.01）

上联：留足喜悦，金猪暂撤平安宅
下联：带够祥和，银鼠重回富贵家
横批：辞旧迎新

创作背景

2020 年 1 月 21 日为 2020 年春节题写的春联，无特殊背景。

联之意涵

留下足够多的喜悦，金猪暂时撤离平安的宅子；带着足够多的祥和，银鼠重新回到富贵的人家。辞去旧岁，迎接新年。

这副对联采用拟人化的手法表达：农历猪年已经过去，农历鼠年正在到来。

联之注释

“金猪”，指贵重的猪，是对猪的尊称。

“银鼠”，指宝贵的鼠，是对鼠的尊称。另外，银鼠又名伶鼬、白鼠、倭伶鼬，是食肉目鼬科鼬属动物，在亚欧、北美、非洲均有分布，在我国主要分布在东北、华北、西北和长江流域等地。银鼠以小型鼠类为食，对消灭鼠类有一定意义。中国已将银鼠列为控制猎捕的对象，定为第三类珍贵动物加以保护。

028 出门办事

（2020.01）

上联：出门办事，东南西北都顺利
下联：入宅生活，春夏秋冬俱安康
横批：和气致祥

创作背景

2020 年 1 月 21 日为 2020 年春节题写的春联，无特殊背景。

联之意涵

出门办事，东南西北每个方位都顺利；入宅生活，春夏秋冬每个季节都安康。和睦融洽，可致吉祥。

联之注释

“和气致祥”，意思是和睦融洽，可致吉祥。《汉书·卷三十六·楚元王刘交传》：“由此观之，和气致祥，乖气致异。”三国魏曹植《魏德论讴·谷》：“和气致祥，时雨洒沃。”宋代梅尧臣《和人喜雨》诗：“和气能致祥，是日云蔽午。”《儿女英雄传》第二十七回：“令人不能不信‘不善余殃，积善余庆；乖气致戾，和气致祥’的几句话了。”清代李汝珍《镜花缘》第七十一回：“田家因不分家，那棵紫荆又活转过来，岂不是和气致祥的明验吗？”

029 金牛辞旧岁

（2022.01）

上联：金牛辞旧岁，满意开心兼快乐

下联：玉虎报新春，平安顺利又丰康

横批：富贵祥和

创作背景

2022 年 1 月 26 日为 2022 年春节题写的春联，无特殊背景。

联之意涵

金牛辞别旧岁，满意开心兼快乐；玉虎报送新春，平安顺利又丰康。富裕显贵，吉祥和谐。

这副对联采用拟人化的手法表达：农历牛年已经过去，农历虎年正在到来。

联之注释

“金牛”，“玉虎”分别是农历牛年和农历虎年的雅称。

“丰康”，意思是富足康宁。

“富贵”，指富裕而显贵。

“祥和”，指吉祥，和谐。

030 虎岁凭虎劲

（2022.01）

上联：虎岁凭虎劲，创业求学皆顺利
下联：新年纳新福，家中户外俱平安
横批：紫气东来

创作背景

2022 年 1 月 26 日为 2022 年春节题写的春联，无特殊背景。

联之意涵

虎年里凭着一股虎劲，无论是创业还是求学都很顺利；新年里吸纳新的福气，无论是在家里还是在户外都很平安。祥瑞降临。

联之注释

“紫气东来”，比喻祥瑞降临或圣贤来到。紫气：祥瑞之气。传说老子过函谷关前，关令尹喜见有紫气从东而来，知道将有圣人过关。果然老子骑着青牛而来。比喻吉祥的征兆。出处：汉代刘向《列仙传》：“老子西游，关令尹喜望见有紫气浮关，而老子果乘青牛而过也。”

031 朝出夜入兮

（2022.10）

上联：朝出夜入兮，悠然吐纳乾坤正气
下联：冬去春来矣，惬意消承日月华光
横批：家道永隆

创作背景

多年来，我一直想在老家屋子的大门两侧悬挂一副对联，一为祈求全家福寿安康，二为彰显此间屋子乃书香之家。思虑多年，均未能写出一副比较满意的楹联。几经斟酌修改，终于在 2022 年 10 月 3 日定下此联。

联之意涵

朝出夜入，悠然地呼吸着天地的正气；冬去春来，惬意地享受着日月的光华。家庭的事业、境况和命运永远兴隆！

联之注释

“悠然”，形容悠闲的样子。

“吐纳”，指呼吸。

“乾坤”，指天地。

“正气”，指光明正大的作风或风气。

“惬意”，形容称心，满意。

“消承”，指享受。

“华光”，指光华，美丽的光彩。

“家道”，指家业、家境或家庭的命运。

“永隆”，指永远兴隆。

032 三星高照文明宅

（2023.05）

上联：三星高照文明宅
下联：四季长隆友善家
横批：福耀门庭

创作背景

2023年年初，家人决定在老家共有住宅的大门外建造一面照壁。设想是，照壁中间挂一个大大的“福”字，福字的两边挂一副对联，于是，我在2023年5月18日写了这副对联。如今，照壁已建好，福字和对联也都已挂好。

联之意涵

福禄寿三星高高地照拂着这间文明的宅子，春夏秋冬四季长久地兴盛着这个友善的家庭。福气照耀着整个门庭！

联之注释

“三星”，指福星、禄星和寿星。据传福神原为岁星，即木星，后逐渐人格化，一说源于五斗米道所祀三官中的天官，演化为天官赐福之说。一说福神为唐道州刺史阳城，因其有抵制进贡侏儒的善政，遂被尊为福神。禄星原为文昌垣的第六星，后被赋予人格，附会为张仙。一说张仙为五代时在青城山得道的张远霄，一说为后蜀皇帝孟昶，即送子张仙。寿翁亦始于星宿崇拜，即角、亢二宿，是二十八宿中东方七宿中的头二宿，为列宿之长，故曰寿。福禄寿三星寄托了中国劳动人民一种祈福求寿，避灾迎祥的美好愿望。

“隆”，有盛大，气势大，兴盛，深厚，程度深，凸起等几种字义。这里取“兴盛”之意。

033　眼望苍穹吞日月

（2023.05）

上联：眼望苍穹吞日月
下联：胸怀大地揽河山
横批：爱之护之

创作背景

家人计划在老家屋子的大门和照壁都悬挂对联，我想借此机会也撰写并制作一副对联悬挂于厅堂两侧，借以激励家里的年轻人以及后代子孙，要树立雄心壮志和崇高理想。于是，我在2023年5月18日写了这副对联。

联之意涵

眼睛眺望着广阔的天空，要有一种把日月吞下的雄心壮志；心中珍藏着广袤的大地，要有一种把河山揽住的崇高理想。爱护苍穹日月，爱护大地河山，爱护宇宙自然。

联之注释

“苍穹”，指天空，广阔的天空。

“胸怀”，作动词时，指心中存有。如胸怀大志，胸怀祖国。作名词时，指心胸，胸襟，胸膛，胸部。如胸怀宽广，敞着胸怀。这里作动词用。

“揽”，这里指用胳膊围住，使靠近自己。也指拥抱，围抱。

第四部分

小说

（一篇）

001　天，总是会亮的

（1988.12）

1

一九八三年初冬的一个中午。温暖的太阳照耀着南国农学院那美丽的校园。正是吃午饭的时候，饭堂里人声鼎沸，长队如龙。古璞金打了饭随着人流走出饭堂门口。虽然足足站了二十分钟才打到饭，但她今天一点也不像往常那样感觉到排队时间的漫长。沉浸在欢乐与兴奋中的人，都觉得时间过得很快。她沿着碧云湖边的林荫大道走回宿舍，品味着刚才听到的消息，心中兴奋异常。

"璞金，祝贺你！"正当她准备要去打饭的时候，团支部宣传委员方琦就跨进宿舍门，手里还拿着几张报纸和一封信。

"我有什么值得祝贺的！"古璞金回了方琦一句。

"嘻嘻，你们听。"方琦看着报纸大声念道："溜冰随感。古璞金。同志，溜冰有窍门吗？有！溜冰最重要的是定准重心。嘻嘻，古同学的大作登报了。"

古璞金想不到学校的校报会采用她这篇《溜冰随感》。钢笔字变成铅印字，这在她还是第一次。苦苦写了几年，终于与编辑结了缘。虽然这只是一篇五百多字的小"豆腐块"，而且只是发表在学校的校报上，但对于热爱写作的她来说，这块小"豆腐块"就如同一块浓缩的蜜，让她心里甜滋滋的。她走在被两旁的芒果树遮盖着的道路上，左边是碧波荡漾的碧云湖，右边是两幢 20

世纪 50 年代建造的三层木板楼。这两幢三层木板楼是学校女生宿舍楼，里面居住着全校三百多名女大学生。古璞金咀嚼着今天特别显得鲜美可口的饭菜，走进了自己的宿舍——305 号房间。

“璞金，你什么时候给校报投的这篇文章，我怎么不知道？”古璞金刚走进房间，方琦就迫不及待地问道。在班里的女生中，她们两人最要好，平日无论是上教室还是去打球，两人总是形影不离，甚至有时候方琦去寄信，也要古璞金陪着去。对古璞金“偷偷”地向校报投稿，方琦略表不满。其他同学也对这件事感到新鲜，正在谈论着。

肖桂琰坐在窗口旁吃饭，她往窗外吐了一口食物残渣，阴阳怪气地说：“人家能让你知道吗？哼，这种文章我才不写呢，浪费墨水！”

“那你的大作在哪里？拿来让我们开开眼界啊！”方琦虽然对好友“偷偷”地投稿略有不满，但并不真把这种不满当作一回事，当肖桂琰阴阳怪气地“酸”她的好友时，她毫不犹豫地站在古璞金这边。

肖桂琰咽下一口饭菜，揭过一页桌子上的杂志，目不斜视地说：“在肚子里。可惜我不是那种喜欢炫耀自己的人。”

古璞金知道方琦和肖桂琰一向喜欢斗嘴，而且斗起来没完没了。她不想把这件事闹大，就拉起方琦边吃边向男生宿舍走去。

2

男生宿舍在碧云湖对面，与女生宿舍隔湖相望。古璞金和方琦收齐男生的《汉语写作》课的作业，被几个男生截在走廊里聊天。关长发呷了一口杯子里的茶水，指着楼前的碧云湖说：“学习委员，下次的《汉语写作》课的作业是写一篇抒情散文，你看碧云湖那么美，你是不是抒发一下碧云湖情思？”

“我心中没有碧云湖情思，怎么抒？”古璞金说，“还是你这位大诗人来抒吧！”

“两人都抒，看谁的更浓。”闻军向来喜欢起哄，一开口就引来一阵哄笑。

“我看还是我们的学习委员来抒更好，她联想丰富，多情善感。上次团支部组织去溜冰，她回来不是抒发了一些‘随感’了嘛！”关长发还想继续说下去，一眼瞥见古璞金原来笑着的脸突然阴沉了下来，就把涌到嘴边的话咽回去了。他不知道刚才女生宿舍发生的事，心中以为古璞金太过小气，连个玩笑都开不得。

古璞金当然不是关长发以为的那种人，她是诧异关长发的消息灵通。班里的信箱是方琦负责开的，校报编辑室分发给各班的报纸都是派人放到各班信箱里的，方琦开信箱后直接把校报拿回女生宿舍了，他怎么就能看见她发表在校报上的那篇文章了呢？她不知道，关长发是校报编辑室的常客，与主编混得很熟，废稿架上不知存放了他多少首诗稿。昨天关长发就在校报编辑室里拜读了古璞金的那篇文章，所以他才说出刚才那些话。古璞金不明就里，怕继续聊下去会引来更多的尴尬，就急忙拉着方琦离开。

3

宿舍里，方琦穿着一身红色运动服，正在拍打着一个排球。她下午睡了个懒觉，没有和古璞金一起去看书，此刻正等着古璞金回来去打球。

“快五点了，还不回来！”她显得有些不耐烦。

肖桂琰坐在床沿洗衣服，红色木板铺成的“地面”已经湿了一大片。看方琦等得急了，说：“你去校报编辑室保证能找到她。她会不去吗？三元钱的稿费在那里等着她呢！”

方琦一听肖桂琰的口气就很反感。她看不惯肖桂琰那高傲、冷漠、尖刻、自私的态度，而肖桂琰的嘴巴也从不轻易饶人，因而两人经常为一些事情斗嘴甚至吵架。有一次，肖桂琰把刚洗的衣服晾在宿舍门口上方的晾衣线上，水正好滴进打饭回来的方琦的饭碗里。方琦认为肖桂琰不应该把湿衣服晾在门口上方，肖桂琰则说自己不是故意的，看见这里有空的位置就挂上去了。两人为此吵了一阵，惹得邻近宿舍的人都跑来看热闹，最后还是古璞金把方琦拉走才了事。

这时，方琦听了肖桂琰带着讽刺、挖苦、嫉妒口吻的话，也毫不客气地说：“谁像你！以小人之心度君子之腹。”方琦刚说完这句话，古璞金就跨进了宿舍。

“被什么迷住了？这么久才回来！”方琦转而对古璞金抱怨着。

古璞金也不搭话，动作麻利地换好运动服，对方琦说：“走，抓紧时间。”

两人来到运动场，只见五颜六色到处都是运动中的男生和女生。足球场、篮球场向来都是男生的领地，只有排球场才可以让女生展现运动中的英姿。

她们穿过篮球场，走到篮球架下时，一个高大壮实的男生三步上篮冲过来，方琦惊叫一声赶忙跑开，心有余悸地说：“这群男子汉真不得了，简直是生龙活虎！”古璞金付之一笑。

她们来到排球场，选了一块靠边的场地。“这里远离那些生龙活虎，你不用担惊受怕了。”古璞金想起方琦刚才那个狼狈相，内心有一种特殊的感慨。

“方琦，我想在班里组织一个文学小组，大家一起探讨写作上的问题，你看怎么样？”古璞金一边垫起一个球，一边对方琦说。

“好主意！听说我们系八二级就有一个文学小组，那几个人还自封什么‘文学六君子’呢！”方琦也一边垫球一边回应古璞金的问话。

“我看过他们自己印的文学小报，诗歌、小小说、散文、文学评论、作品欣赏等，各种文章都有，内容很丰富、精彩。”古璞金说。

方琦开始有点兴奋了，忙说：“我们找个男生来牵头，再请校报主编来当顾问，和八二级比着干！”

古璞金的劲头来了，说：“干吗要找男生来牵头？我们有手有脚有大脑，不比他们男生差！”

“那你来牵头呗！你是学习委员，名正言顺的。”方琦说完正要俯冲去垫球，一个足球呼啸着从她的头顶飞过，落在离她约十米远的地方，然后就听到铁丝网那边的足球场传来呼叫声：“喂，请帮忙把球扔过来！”方琦吓了一跳。古璞金正要去捉那个足球，但它早已弹到远处去了。最后，一个男生把它拿起狠狠一脚，它就飞越铁丝网到了足球场那边。

这时，冬日的太阳已薄西天，火红的晚霞洒在运动场上，把这里动的、静的物体都染上了一层红色。古璞金和方琦都已汗湿前额，青春的脸庞红彤彤的，一股冲天的热气正从她们娇美的躯体散发出来。

4

系党总支副书记兼八三级班主任黄克勤老师正在办公室里查阅俄汉词典，门口传来了敲门声。来的是八三级班长贺广昊，副班长闻军，生活委员董颖才，文体委员肖桂琰，还有学习委员古璞金。下午四点三十分他们要在这里召开班委会，现在已经是四点二十六分了。黄老师收拾完桌面上的东西，待各人都落座后，他拿出班主任记事本，说："现在我们正式开会了……"他是60年代初北方农业大学的毕业生，1982年才从西部一所农学院调到南国农学院来。"今天我们主要研究三个问题。第一个是成立文学小组，第二个是……。下面先研究第一个问题，请古璞金同学谈一谈她对成立文学小组的想法。"

古璞金坐直了身子，把两手的肘平放在桌面上。她先谈了自己建议成立文学小组的目的、意义和今后的打算，最后说："这是我个人的一些不成熟的想法，请大家充分发表自己的意见。"

听完她的话，没有人立即作出反应。室内的气氛沉闷了约一分钟，董颖才先开了腔："成立的动机是好的，但要考虑到有没有人愿意参加，总不能强迫吧？"

肖桂琰也接着说："我看根本不会有人参加！现在的大学生很崇尚独立自主，开班会还不想来呢，谁有兴趣跟你凑在一起探讨什么文学？我们又不是中文系的。"

"话不能讲得太绝。虽然我们不是中文系的，但我们开设有《汉语写作》这门必修课，而且不少同学对文学也颇有兴趣。如果我们组织得好，并密切配合《汉语写作》课的教学，我想会有蛮多人参加的。"班长贺广昊并不那么武断。这个经历过高考、补习、回乡劳动、再补习、再高考才考上来的农家子弟，不平凡的经历和年龄上相对较大使他在同学中显得老成持重。他为人热情友善，办事踏实干练，在班里颇有威信，也很得班主任的器重。

“我也这么认为。有没有人参加，关键看我们如何去组织。”在这种场合下，闻军一改平日里的个性，变得谨小慎微，总是等大家都表态了才站在多数人这一边表明自己的态度。

班主任看着班委们讨论，微笑着把目光投向每一位发言者。等到只有肖桂琰持反对意见时，他说：“这样吧，我们决定成立文学小组，班长贺广昊找个机会把这个决定在班里宣布一下，具体去组织就由学习委员古璞金负责。”

班主任的一锤定音，使肖桂琰心里像喝了醋一样，酸酸的。她的意见从来都没有被班委会采纳过，而古璞金，每一次提议都得到大多数人的赞同。这不能不叫肖桂琰嫉妒。在讨论第二、第三个问题时，她索性一言不发，心里窝着一股对古璞金的火气。直到散会，班主任单独把贺广昊和古璞金留下，她心里的醋味更浓、火气更盛。离开班主任的办公室后，她一个人走在林荫道上，内心充满嫉妒和不服气。“我哪一点比不上古璞金，可大家为什么都拥护她？！”她不明白，古璞金为什么那么讨人喜欢。她把大家赞同古璞金的提议看成是对古璞金的喜欢。她越想越伤心，越想越气愤，回到宿舍就把一肚子的怨气发泄出来。

“人家要成立文学小组了，谁想参加还不快点报名！机不可失，时不再来。”她说的是“人家”，好像她不是这个班的人似的。

方琦正在床上叠衣服。她虽然和肖桂琰不和，但由于对这个消息颇感高兴和意外，就忍不住把头探出床外，问：“真的？班委真的决定成立文学小组了？”

“振臂一呼，应者云集。她会献媚，又是大作家，她的提议自然没有人反对。怎么？你想参加？可别错过机会！”肖桂琰说话越来越尖刻，她要趁古璞金还没有回来，把一肚子酸气发泄完毕。

方琦本来不想搭理肖桂琰，但又接受不了她这种尖酸刻薄的语气，就跪在床上一边叠衣服一边替古璞金说话：“你别出口伤人！这里是大学生宿舍，不是你家官府衙门，没有谁稀罕你这县长的娇女。”

另一位女生也看不惯肖桂琰的这种态度，帮着方琦说：“你不参加就算了，又没有人逼你，何必用这种口气说话！”

“我才不要你稀罕！我想参加就参加，不想参加谁也拉不动。哼，段考《汉语写作》课才考得七十分，有脸参加！”肖桂琰拉开抽屉取出饭菜票，却不起身去打饭。她的神态显得很安闲、淡定，这是她沉着老练的标志。你如果光是看她的神态，根本看不出她是在跟人打嘴仗。等到你听到她那尖酸刻薄的话语时，你才知道她原来是一个嘴巴不饶人的厉害角色。

方琦则是另外一种人，喜怒哀乐容易溢于言表，心里藏不住什么秘密。她和肖桂琰干嘴仗从来没有占过便宜。现在，她被肖桂琰一句话封住了嘴，憋得满脸通红。是的，段考她的《汉语写作》课成绩才七十分，居全班倒数第四位。这个高考《语文》科目（百分制）考得九十四分的语文天才，进入大学第一次段考，“语文”竟然只考了七十分，这使她的自尊心受到了极大的伤害。公布成绩的那天晚上，她在被窝里偷偷地哭了一场，重重地责备自己粗心大意，看错了一道大题，才考得如此低的分数。她发誓到期考一定要把这份丢失的自尊找回来。两周来，她默默地承受这一打击，最忌讳提段考的事。如今，这个“伤口”偏偏被肖桂琰重重地、不怀好意地捅了一刀，她感到万般的疼痛和屈辱。出于本能，她又一次把头伸出床外，目光直逼肖桂琰，说："你别把人看得太扁！你有什么了不起！究竟谁高谁低到期考再比。"

肖桂琰在整理抽屉里的东西，神态依然很安闲、淡定："有的人碰运气发表了一篇小文章就以为自己了不起了，就提议成立什么狗屁文学小组来显摆自己，真是够狂妄的！"她不再把矛头指向方琦，刚才那一刀就足够她受的了。她一肚子怨气都是因古璞金而起，对古璞金，她觉得还不解恨。

古璞金恰好在这时回到宿舍，肖桂琰最后那句话像一根针扎在她的心尖上。宿舍里的气氛和方琦投来的求救的目光，使她意识到刚才发生了什么。世界上最令人难受的是自己的好心好意被人误解、误会。古璞金的心底掠过一丝委屈，但她一贯不与人斗气。为私怨而斗气，在她看来是愚蠢的行为。尤其是对付肖桂琰这种人，最好的办法就是退避三舍，尽量避免与其争锋。因此，尽管她感觉到了宿舍里的气氛，尽管她的心底掠过一丝委屈，但她对刚才发生了什么却置若罔闻。她把方琦从床上叫下来，两个人拿起碗筷就奔饭堂而去。

5

落日的余晖轻轻地泼洒在平静的湖面上，使碧云湖泛起粼粼的波光。

古璞金和方琦走到饭堂的时候，门口已经关闭。她们走进学校勤工助学服务公司开的饮食店里买了粉，就来到湖心这座沐浴在晚霞之中的蘑菇亭。夕阳穿过稀疏的树枝照到她们的身上，使她们身上特有的线条显得愈加分明。她们找了一张石凳子坐下，置身于这种被古今文人描绘得五彩缤纷的残阳水色之中，一种浪漫的、细腻的情感便油然而生。方琦吃完一口粉，吟道："一道残阳铺水中，半江瑟瑟半江红。可怜九月初三夜，露似真珠月似弓。"

"这是白居易的《暮江吟》吧？我也来一首"。古璞金吟道："向晚意不适，驱车登古原。夕阳无限好，只是近黄昏。"

"这是李商隐的《登乐游原》"。方琦立马说出诗的作者和题目。

古璞金嗯了一声，出神地望着粼粼的波光，不无感慨地说："这两首诗都是描写夕阳西下的景色，融诗人因失意、不得志而对社会、对人生的喟叹之情于其中，自然的物象和人的心境达到了水乳交融的地步。"

"但是，我们毕竟不是古人，而且我们还年轻，我们不需要喟叹什么。"方琦接过了话头。

"记得谢觉哉有一句名言：'最好不要在夕阳西下的时候幻想什么，而要在旭日东升的时候即投入工作。'组织成立文学小组的担子落在了我的肩上，难道我不应该在这个时候幻想一点什么吗？"古璞金显得心事重重。

方琦看出了古璞金的重重心事，就像给她鼓劲一样地说道："当然要有所幻想。居里夫人说：'我们要把人生变成一个科学的梦，然后再把梦变为现实。'要是不在夕阳西下的时候'幻想'明天要做的事，那么，在旭日东升的时候就无从投入工作。有幻想才有追求、有奋斗。"

"我也这么认为。"古璞金将碗里的残羹倒入湖水中，一群橘红色的鲤鱼立即窜上来抢食。"成立文学小组的事很快就在班上宣布了，你说会有人参加吗？”

“这个你不用担心，连你我在内至少有五个人参加。”方琦自信地说，“男同学中，关长发、贺广昊、陈庆生肯定参加！”她语气很肯定，好像她早就问过他们似的。古璞金知道她是根据《汉语写作》课的段考成绩来推断的，并无多大把握。某门课的成绩与其人的学习兴趣固然有一定的关系，但据此来推断这个人愿意参加一个与这门课有关的业余组织，条件显然不够充分。古璞金缄默不语。方琦问道：“那你有什么想法？”

“我还没有很具体的想法，只是想着怎样才能把这个小组成立起来，成立起来后又如何开展活动才能达到我们的目的。”古璞金若有所思地说。

“我不是当官的料，不能给你出什么好主意。”方琦忧形于色，怎样才能助好友一臂之力呢？她陷入了沉思。

夜幕已经沉沉地罩下来了，西天出现了一镰钩月。古璞金感到有一种无形的压力正向自己袭来。她承受得住吗？

6

吃过晚饭，古璞金和方琦把书包带到教室后，就向教《汉语写作》课的黎丽容老师家走去。经过一周的筹备，文学小组基本定员，参加者达到十人之多，连肖桂琰也报了名，这是古璞金压根就没有想到的。一周来，她采取个别谈心的方式，对如何开展文学小组的工作征求了报名者的意见，拟定了一份计划草案。她要把这份草案拿去给黎丽容老师审定。

穿过一个小花园，她们来到了黎老师家住的楼房。这是一栋新建的教授楼，只有一个单元，黎老师家就住在二楼东面的这一套房子。她们来到房门前，方琦轻轻地在门上敲了几下，门就开了。一个戴着眼镜的男青年站在门里，礼貌地问道："请问你们找谁？"

"找黎老师。我们是她的学生。"古璞金答道。

"那就请进。妈，有学生找你。你们请坐，我妈一下子就出来了。"那男青年说完就进厨房去了。

过了一会，黎老师从厨房出来，两手的衣袖还高挽着，显然刚才是在做家务。

古璞金和方琦站起身，礼貌而略显拘谨地打着招呼："黎老师！"

"坐吧，坐吧！"黎老师热情、开朗、和蔼，虽说是五十出头的年纪了，但脸上却看不到一条明显的皱纹。她脸色红润，微笑时两腮还露出两个浅浅的酒窝，煞是好看。

"黎老师，我们班的文学小组已经成立了，这是我们的活动计划，请您指导！"古璞金呈上了那份计划草案。

黎老师粗略地看了一下，说："先把它留在这里，明天上课时我再拿给你们，并跟你们谈谈我的意见。好不好？"等古璞金和方琦作了反应，她又说："我说啊，成立文学小组是一件好事，这也是你们系的传统。但有一条，你们一定要有恒心和毅力，善始善终。一般是这样，刚从中学到大学，大家对什么事都感到新鲜，干起来热情很高，过了一两年后，这种热情就会慢慢降温。所以，我特别对你们强调恒心和毅力。一个人无论是在学校还是到社会，每做一件事都不能只凭三分钟热度，否则，难成大事。你们看那些有成就的人，哪一个不是靠恒心和毅力才取得成功的？我希望你们要干就干好、干到毕业，不要半途而废。"

古璞金和方琦静静地聆听着，直到黎老师的爱人回来了，才告辞。在回教室的路上，古璞金的脑子像电子显示器一样，一直显示着“恒心、毅力”这两个词。恒心，毅力，她有吗？方琦和其他同学也都有吗？

7

开完班委会回来，肖桂琰气鼓鼓地说：“哼，真是多嘴！你少说那两句话，大家都免操一份心。你以为谁都像你一样能写会讲吗？”

“我只是发表自己的意见，并没有强迫他们按我的意见来做。如果有想法不说出来，还叫什么商量讨论？”想到肖桂琰屡次跟自己过不去，古璞金真想和她争个高低，把她的傲气压下去。她有能力做到这一点，但偏偏她的性格不容她那样做。特别是从上次班主任把她和贺广昊留下来谈话之后，她更加觉得，作为一个要求入党的青年，不能为了个人的恩怨与同学闹矛盾。有了这方面的约束，尽管肖桂琰口舌多么尖利，古璞金也只是默默地整理自己床上的东西。肖桂琰发了一通怨气，见没人搭理她，自觉没趣，也就住了嘴。

古璞金是一个性格偏于内向的人，尽管心理活动很活跃，但外表并无多大的迹象。在班委会上，是她建议将座谈会改为演讲会的。本来，根据形势的需要和上级的要求，班主任是想在班里召开一个主题为“清除精神污染，做文明大学生”的座谈会，但古璞金却建议把座谈会改成演讲会。她的理由是：第一，如果是开座谈会，同学们肯定不够重视，效果可能不好；第二，我们系培养人才的目标要求中就有能说、能写、能干这样的要求，多开一些演讲会，有助于达到这些培养要求。她的这两个理由很快就得到班主任和大多数班委的支持，最后，班主任决定在班里召开一个演讲会。刚才肖桂琰说的那些话，使古璞金平添了一重顾虑。是啊，大家刚上大学还不到一个学期，在才识和胆量上都还有所欠缺，能成功地开好这次演讲会吗？自己是不是太过想当然了？想到这里，她有点后悔了。但她很快又觉得，事已至此，后悔是无用的，只能迎难而上，去承担一切责任。她好就好在，无论做什么事都敢于承担责任，只要责任在肩，她是有能力挑到头的。这时，她把希望寄托在文学小组全体成员的身上，一方面，自己要认真写好演讲稿，另一方面，要发动其他成员积极准备发言。只要能把十个八个成员推到讲台上，演讲会就有成功的希望。古璞金心中有了底，原先那重顾虑也就烟消云散了。

8

几天来，运动场上都没有出现古璞金和方琦的身影。为了迎接演讲会的到来，她们正忙得不亦乐乎。

今天是周末，按照班委会原先的决定，演讲会将在明晚举行。

下午四点半钟，古璞金把抄好的演讲稿放进自己的书包，对床上的方琦说："走，打球去。戒了几天，闷死了！"

方琦下了床。两人换好运动服，各自从床头拿起一支羽毛球拍，古璞金又从桌上的铁盒里取出一个羽毛球，然后两人才走出房间。她们走后，宿舍里就只剩下肖桂琰一个人。

宿舍楼旁边就有羽毛球场，她们选了一个场地开打起来。休息的时候，古璞金问道："你的演讲稿准备得怎么样了？"

"没问题，保证不给文学小组丢脸。"方琦自信满满地说道。

“这几天你看见肖桂琰写了演讲稿吗？”

“鬼才看见她写！她写不写与我有什么关系？”一提到肖桂琰，方琦就来气。

“我也没看见她动过笔。我动员她的时候，她爱理不理的。我不知道她为什么对我总是那么敌视。”想到动员肖桂琰时受到的那份冷遇，古璞金感到万分委屈。人总是有自尊心的，特别是女孩子，更是受不得半点委屈。古璞金能够容忍肖桂琰的敌视和恶语中伤，这种品质和修为真是难能可贵。

“演讲会明晚就要举行了，不知道男同学那边准备得怎么样。今晚你陪我过去了解一下。”

“好吧！乐意奉陪。”方琦退后几步，猛地发了一个高远球，终止了谈话。

古璞金猝不及防，后退去抢接球时，不小心打了一趔趄，险些跌倒。趁此时机，她们结束了这次运动。

她们打了饭，拿着提桶、毛巾等来到热水房，边吃边排队要热水。等她们洗完澡，天已经黑了。回到宿舍，房间空空如也，其他同学不知去了哪里。古璞金和方琦顾不上晾衣服就急奔男生宿舍而去。到了那里，只见贺广昊正准备去教室，其他要找的人却全无踪影。她们和贺广昊聊了几句，得知他已经写好了明天晚上的演讲稿，心里得到了些许安慰。

9

准备了一个星期的演讲会终于举行了。会场是一间教室，没有什么特别的布置，只有黑板上一行醒目的彩色美术字显示出这里是一个演讲会的会场。

参加演讲会的人除了本班同学，还有班主任、系党总支书记、系团总支书记、学校团委干部以及校报的记者。因为这次演讲会是学校开展“清除精神污染，做文明大学生”活动以来的第一个班级演讲会，所以，班主任就请来了有关领导进行观摩和指导。这些领导的到来，给整个会场带来了紧张、沉闷的空气。

为了活跃气氛，班长贺广昊极力想把开场白说得轻松、诙谐一些。但任凭他怎么努力，会场紧张、沉闷的空气一点也不减少。坐在前面的同学偷着往后看，坐在后面的同学则左顾右盼，没有一个人敢率先登台演讲。古璞金心跳得很厉害，脸颊也像被火烤一样热辣辣的。她几次想站起来，都是屁股刚刚离开板凳就又重重地坐下来。她极力想让自己镇定，但胸中的小鹿就是不听使唤。她用右手理了理额前的刘海，下决心要站起来。就在这时，坐在她身边一直观察着她的肖桂琰突然站起了身子。刹那间，几乎所有人的目光都投向她。只见她几步走到讲台，神态自然地看着会场，说：“我开个头吧，就当抛砖引玉。如果我抛出的这块砖能把大家的美玉引出来，也算我对今晚这个演讲会的一点小小的贡献吧！”

古璞金想不到肖桂琰能率先发言，她责备自己不应该对肖桂琰有偏见。肖桂琰的抢先发言，给古璞金带来了反省，也带来了安慰。

讲台上的肖桂琰，从容不迫，语言流畅，声情并茂。她对当前文艺界出现的一些不良倾向提出了自己的观点，举例生动，论述充分，逻辑严密，加上她落落大方的神态和举止，所有人无不为她的文采与口才所赞叹，无不为她的精彩演讲而热烈鼓掌。

肖桂琰踏着掌声从讲台上回到自己的座位，脸上挂着得意的微笑。落座后，她故意微微地昂起头，不给身边的古璞金半线眼光。她非常清楚古璞金此刻的心情。她悠然自得地、若是若否地“听着”方琦的演讲。

这时，古璞金的心潮掀起了惊涛骇浪。肖桂琰的演讲，无论是义理、考据还是辞章，都与她的稿子发生惊人的相似。是巧合吗？她在自问，但不能自答。

雷鸣般的掌声像一支清醒剂注入了她的血管，古璞金的心潮风平浪静了。方琦从讲台上下来，示意她动身，但她始终独自坐着，直到演讲会结束。

10

银色的月光透过窗口洒进宿舍，照在古璞金的蚊帐上。她把枕头折叠起来垫，努力控制自己不要去想今晚演讲会的事。正当她迷迷糊糊将要进入梦乡时，对面铺位肖桂琰的蚊帐里传出的抽泣声又把她的睡意赶走了。古璞金听着这一声高、一声低的抽泣，心灵仿佛产生了某种快感。她隔着蚊帐朝窗外看去，月亮已经很矮了，估摸着这时候离天亮应该不远了。“唉！天，总是会亮的，别想那么多了，睡觉！”她这样想着，轻轻地睡去了。

第五部分

相声

（一段）

001 音乐的功能

（1990.02）

甲（捧哏）：乙先生，我可以向你请教几个问题吗？

乙（逗哏）：当然可以。欢迎，欢迎，热烈欢迎！

甲：你喜欢音乐吗？

乙：音乐是我排在第 N 位的业余爱好。

甲：你喜欢歌唱吗？

乙：我经常歌唱，歌唱我们伟大的祖国，歌唱我们伟大的党，歌唱我们英雄的人民军队，歌唱我们勤劳智慧的中华民族，歌唱……

甲：得了，得了！我是问你喜不喜欢唱歌！

乙：歌不离口，曲不离手。

甲：什么意思？

乙：就这意思！

甲："歌不离口"我尚且可以明白，那"曲不离手"是什么东西啊？

乙：我告诉你吧，我天天唱歌，而且边唱边用手打着节拍，这不就是歌不离口、曲不离手啰！

甲：你能不能给大家做个示范？

乙：喏，这么着：（边唱边打节拍）“学习雷锋好榜样，忠于革命忠于党……。”就这么唱。

甲：你天天这样唱？

乙：风雨无阻，日月不改。

甲：那么说，你很喜欢音乐喽？

乙：音乐是我的生命，我的生命也离不开音乐。

甲：那么，请允许我再请教你一个问题。

乙：问吧，知无不言，言无不尽。

甲：为什么音乐那么喜欢你？

乙：因为我喜欢音乐！

甲：你为什么喜欢音乐？

乙：因为音乐喜欢我！

甲：行了，别跟我绕圈子了。到底音乐有什么力量能够让你为它神魂颠倒？

乙：因为音乐有它的社会功能！

甲：噢，音乐还有社会功能？

乙：当然有了！任何一种艺术都有它的社会功能，否则就不成其为艺术。

甲：有道理！

乙：不无道理！

甲：很抱歉！我想再请教你一次。

乙：不客气！

甲：音乐有哪些社会功能，你懂吗？

乙：你这语气，究竟是在请教我还是在考我？

甲：二者兼而有之吧！

乙：冲你这种语气，我能告诉你吗？

甲：你不说我也懂！

乙：那你来说！

甲：说就说，怕你不成！（作准备状，稍停）还是你来说！

乙：怎么？说不出？

甲：（作谦恭状）说得出我还不说嘛！我，我向你请教来了。

乙：这还差不多。告诉你吧，音乐有四个方面的基本功能。

甲：愿闻其详。

乙：首先，音乐具有娱乐功能。

甲：这我懂。下班回家，听听音乐，哼哼歌曲，身心就会轻松很多。

乙：你知其然，那你知其所以然吗？

甲：学生确实不知，还请老师明示。

乙：你把头伸过来。

甲：干吗？

乙：伸过来！近点，再近点！（捧住甲的头，边讲边作势，甲亦作反应以配合）生理学家认为，人的大脑分左右两半球，左脑是“数学脑”，分工逻辑思维；右脑是“音乐脑”，分工形象思维。左脑工作时右脑休息，而右脑欣赏音乐时左脑放松。所以，学习工作之余，听听音乐，就能调节大脑，解除疲劳。明白了吧？（拍甲头放开）

甲：嘴里明白，心里不明白。

乙：什么意思？

甲：当着那么多观众的面，被你像抓着狗头一样拨弄来拨弄去，你说我心里能好受吗？

乙：这就是音乐的娱乐功能！

甲：音乐还有什么功能？

乙：美育功能！

甲：什么叫美育功能？

乙：音乐是通过有组织的音响运动表达思想感情，反映社会生活的一种艺术形式。

甲：音乐是一种时间艺术！

乙：它凭借旋律、节奏等一系列音乐构成要素，表现创作者的审美感情，引起欣赏者的联想和想象，激起美感，使欣赏者得到陶冶和受到感染。这就是音乐的美育功能。

甲：有例子吗？

乙：当然有。不过，我得先问你。

甲：问我要例子？

乙：《多瑙河之波》这首曲子你熟悉吗？

甲：非常熟悉！

乙：会唱吗？

甲：非常会唱！

乙：好！我们来表演个男声二重唱。

甲：唱什么？

乙：《多瑙河之波》。

甲：你行吗？

乙：行！

甲：我是说你能带我唱吗？

乙：你不是非常会唱吗？

甲：非常倒是非常，只是非常会忘记歌词。

乙：没关系，我带你。

甲：行。怎么唱？

乙：我先唱呈示部，到展开部的时候你我二重唱，再现部由你独唱。

甲：来吧！（乙唱，乙甲唱，甲唱）

乙：这是一首著名的外国圆舞曲，它描绘的是多瑙河美丽的自然风光。

甲：描绘大自然。

乙：抒发人们对家乡、对祖国的热爱。

甲：表达思想感情。

乙：我们虽然没有生长在那个国度，没有见过多瑙河，但通过这首乐曲，我们可以“看”到多瑙河那旖旎的风光，从而得到美的享受。

甲：多么神奇的音乐！（作醉态）

乙：你怎么了？医生，医生！

甲：我醉了。

乙：美的音乐确实令人陶醉。

甲：音乐还有什么功能？

乙：还有智育功能。德智体美劳的智。

甲：什么叫智育功能？

乙：就是说，音乐能促进大脑中某些物质的分解运动，增强人的思维和记忆，从而提高人的智力。

甲：有科学依据吗？

乙：当然有。不过，我要先考考你：你知道爱因斯坦吗？

甲：那是我的老师兼朋友。

乙：你今年多大了？

甲：三十！

乙：乱弹琴！爱因斯坦早在你出娘胎之前就作古了，你瞎套什么近乎！

甲：你才乱弹琴！我读小学的时候我的老师就向我们介绍了科学家爱因斯坦，从那个时候起我就把他当作我学习上的良师益友啦。

乙：耶！想不到你这张嘴竟然如此地油滑，八成是今晚吃了肥肉没擦嘴。

甲：你才吃了肥肉不擦嘴！

乙：不跟你耍嘴皮子，我是跟你说正经的。

甲：说吧，正经的！

乙：爱因斯坦不仅是著名的科学家，还是著名的音乐爱好者，他的钢琴演奏和小提琴演奏都达到专业水平。

甲：是吗？我怎么没听我那位小学老师说过？

乙：那是因为你那位小学老师也不知道。

甲：有可能。

乙：我再考考你：相对论是谁创立的？

甲：爱因斯坦呗！

乙：你知道它的诞生曾有过一段佳话吗？

甲：谁诞生？

乙：相对论！

甲：不知道！

乙：你过来！

甲：干吗？

乙：过来！

甲：干什么呀，你！

乙：让我告诉你啊！

甲：那你就说呗，我能听到。

乙：这是秘闻，不能让第三者听见。

甲：有那么神秘吗？

乙：废话，快过来！（甲从）（小声神秘地）我只告诉你一个人，你可千万不能跟第三个人说啊！

甲：你放心，我守口如瓶！

乙：爱因斯坦经过相当时日的酝酿之后，一天，他坐到钢琴前，喏，这样弹。（作势）

甲：不像。

乙：什么不像，你又不亲眼见！

甲：你也不亲眼见。

乙：别打岔！这样弹了几十分钟，一会儿如行云流水，一会儿杂乱无章。似乎是钢琴给了他启发，他突然停下，赶紧跑到书房，记下了一堆别人看不懂的符号和算式。

甲：记那些东西干吗？

乙：后来，他把这些符号和算式整理出来，就成了震惊世界的相对论。

甲：真玄乎！

乙：够玄乎！

甲：这跟音乐的智育功能沾得上边吗？

乙：关系非常密切。你再过来！

甲：你又想干吗？有话就说！

乙：我再告诉你一个秘闻：美国科学家在爱因斯坦去世后曾对他的脑子进行切片分析。

甲：把脑袋破开？

乙：对，破开。经分析，发现爱因斯坦脑子里的“突能”不仅比普通人的多，而且比别的科学家的也多。

甲：哎，哎，哎！什么叫“突能”？

乙：“突能”是人脑中的一种物质，它具有传递信息、交换情报的功能，人脑积极活动的程度越高，它就越发达。

甲：喂，你说是我的“突能”多还是你的“突能”多？

乙：我的多！

甲：何以见得？

乙：因为爱因斯坦不仅是著名的科学家，也是著名的音乐爱好者，音乐对他的刺激远比别的科学家多，因此他的“突能”也远比别的科学家多。

甲：我问你何以见得你的“突能”比我的多，你岔到一边去干吗？

乙：我已经回答你了呀？你难道听不懂吗？

甲：你怎么回答了？

乙：我说爱因斯坦是著名的音乐爱好者，音乐对他的刺激远比别的科学家多，因此他的“突能”也远比别的科学家多。音乐对我的刺激不也远比你多吗？

甲：是这样回答的呀，真够隐晦的！也许爱因斯坦和你天生就是奇才，和爱好音乐根本无关。

乙：我再举一个例子。我国辽宁省兴城市南一小学办过这样的音乐实验班。

甲：什么样的音乐实验班？

乙：一二年级时每周上四小时的音乐课，比普通的班级多上两小时。

甲：三年级以后呢？

乙：从三年级起，每周虽然只上两小时的音乐课，但另有学习乐器的时间。到了六年级……

甲：六年级怎么样？

乙：到了六年级，不仅人人会看五线谱和学会一种乐器，而且能听辨各种音程、节奏、和弦和调式，音乐水平相当于音乐专业学生三年级的程度。

甲：有这么高的程度吗？

乙：这是经过沈阳音乐学院和辽宁省音乐家协会联合测试的，信不信由你！

甲：就算我信，这和智力又有什么关系？

乙：经测试，该班学生在模仿能力、反应能力、分析能力、理解能力、鉴赏能力、想象能力等几个方面都比同年级其他班的学生强，而且文化课的成绩也比同年级其他班的学生好。

甲：照你这么说，音乐和智力真的有密切的联系喽？

乙：这还用说！音乐是开发智力的一条重要途径！

甲：音乐还有没有别的功能？

乙：有啊！音乐还有教育功能。

甲：教育功能？你是说音乐还能教育人？

乙：是的。音乐能引起共鸣，激发人的斗志和善心。

甲：举例说明！

乙：《黄河大合唱》，你会唱吗？

甲：（朗诵）“朋友，你到过黄河吗？你渡过黄河吗？如果你已经忘记了的话，那么就请你听吧！”（恢复原状）是这首吗？

乙：不是一首，是一部。《黄河大合唱》是一部大型合唱声乐套曲，共分八个乐章。其中第七乐章是《保卫黄河》，你应该也会唱吧？

甲：会，谁不会？！

乙：那我们一起唱上一段怎么样？

甲：唱呗，谁怕谁？！

乙：来，预备，开始！

甲乙：（慷慨激昂地唱）“风在吼，马在叫，黄河在咆哮，黄河在咆哮。河西山冈万丈高，河东河北高粱熟了。万山丛中，抗日英雄真不少！青纱帐里，游击健儿逞英豪！端起了土枪洋枪，挥动着大刀长矛，保卫家乡！保卫黄河！保卫华北！保卫全中国！”

甲：（拉起衣服袖子，作冲锋状）

乙：你要干吗？

甲：我要上战场！

乙：我虽然没有到过黄河，没能亲眼见过黄河的惊涛骇浪，但我一听到《黄河大合唱》，仿佛黄河就在眼前，保卫黄河的责任就在眼前。

甲：《黄河大合唱》唱出了抗日军民的心声，反映了中华民族的共同愿望。每当我听到它，我的心就像滚滚的波涛久久不能平静。它把我带到了烽烟四起的抗日战争年代，让我投身于战斗的洪流，激起我对伟大祖国的热爱，激发我工作和学习的热情。我要为中华崛起而奋斗！

乙：怎么样？音乐给人的力量够巨大吧？

甲：太巨大了！（扭秧歌，唱）“天大地大不如音乐的力量大……”

乙：你干什么？

甲：我太激动了！

（甲乙谢幕）

第六部分

附录

（5个）

001 韦德洪出版的著作及教材书目

序号	书名	著作方式	出版单位和时间
1	财务管理基础理论与实务	主编	立信会计出版社 2005.7
2	财务预测理论与实务	主编	立信会计出版社 2005.9
3	财务决策理论与实务	主编	立信会计出版社 2005.7
4	财务预算理论与实务	主编	立信会计出版社 2006.1
5	财务核算理论与实务	主编	立信会计出版社 2006.1
6	财务控制理论与实务	主编	立信会计出版社 2006.2
7	财务分析理论与实务	主编	立信会计出版社 2006.1
8	高级财务管理理论与实务	主编	立信会计出版社 2005.7
9	最新企业会计准则培训教程	主编	立信会计出版社 2007.1
10	初级财务管理学	主编	国防工业出版社 2009.8
11	财务预测学	主编	国防工业出版社 2009.8
12	财务决策学	主编	国防工业出版社 2009.8
13	财务预算学	主编	国防工业出版社 2009.8
14	财务会计学	主编	国防工业出版社 2009.8
15	财务控制学	主编	国防工业出版社 2009.8
16	财务分析学	主编	国防工业出版社 2009.8
17	高级财务管理学	主编	国防工业出版社 2009.8
18	基于财务视角的广西上市公司个体发展报告（2001-2006）	著	经济科学出版社 2010.6
19	基于财务视角的广西上市公司个体发展报告（2007-2009）	著	经济科学出版社 2010.9
20	广西上市公司财务分析报告（2010-2012）	著（1）	广西人民出版社 2014.6
21	基于财务视角的广西上市公司发展报告（2015）	著（1）	广西人民出版社 2015.12
22	财务决策学（第 2 版）	著	国防工业出版社 2015.12
23	财务预算学（第 2 版）	著（1）	国防工业出版社 2017.1

续表

序号	书名	著作方式	出版单位和时间
24	基于财务视角的广西上市公司发展报告（2016）	著（1）	广西人民出版社 2016.11
25	高校学生培养成核算方法研究	著（1）	中国财政经济出版社 2017.7
26	基于财务视角的广西上市公司发展报告（2017）	著（1）	广西人民出版社 2017.12
27	财务管理学概论	著（1）	中国财政经济出版社 2023.6
28	公司资本经营原理与案例	著（1）	中国财政经济出版社 2024.2

002 韦德洪发表的学术论文篇目

序号	论文题目	著作方式	发表途径及时间
1	农村合作基金会会计科目的设置与运用构想	著	《广西农村经济》1996 年第 2 期
2	农村合作基金会会计核算存在的问题	著	《财会通讯》1996 年第 3 期
3	农村合作基金会的问题与出路	著	《南方农村》1996 年第 5 期
4	对双倍余额递减法的一点异见	著	《广西会计》1996 年第 7 期
5	按照 " 软硬资本 " 理论来管理农村合作基金会的资本金	著	《中国农业会计》1996 年第 7 期
6	我国乡村劳动力资源的现状分析与开发战略	著	《农村社会经济学刊》1997 年第 1 期
7	关于加强农村合作基金会规范化管理的几点建议	著	《南方农村》1997 年第 2 期
8	完善风险防范机制，确保农村合作基金会的健康发展	著	《广西农村经济》1997 年第 2 期
9	推行软硬资本理论，规范农村合作基金会的股金制度	著	《经济与管理研究》1997 年第 5 期
10	按照软硬资本理论来筹集和管理农村信用社的股权	著	《金融理论与实践》1997 年第 11 期
11	关于长期债权投资账务处理的一点改进意见	著（1）	《广西会计》1999 年第 3 期
12	财务管理课程教学改革效果分析	著	《21 世纪高校经济学、管理学教学改革研究论文集》中国时代经济出版社 2002.5
13	债务资金成本计算方法探异	著	《广西会计》2002 年第 10 期
14	高校学生培养成本核算的必要与可行	著	《广西会计》2002 年第 11 期

续表

序号	论文题目	著作方式	发表途径及时间
15	关于高校学生培养成本核算若干问题的探讨	著（1）	《教育财会研究》2003 年第 5 期
16	不同偿还方式下债务税后资金成本的计算	著	《财会月刊·B 刊》2004 年第 1 期
17	会计学专业实践教学的创新	著	《高教论坛》2004 年第 4 期
18	知识经济时代的商誉会计问题	著（1）	《广西大学学报·哲社版》2004 年第 4 期
19	企业全面预算管理应用现状总体研究报告	著	《广西大学学报·哲社版》2004 年第 6 期
20	企业全面预算管理现状分析与思考（简写稿）	著（1）	《中国财经报》2004 年 6—7 月连载
21	企业全面预算管理现状分析与思考	著	《财会通讯·学术》2004 年第 7 期
22	企业集团全面预算管理应用问题研究	著	《集团经济研究》2004 年第 7 期
23	集团公司“金字塔”风险的成因与化解	著	《集团经济研究》2004 年第 10 期
24	对全面预算管理应用的调查与分析	著（1）	《财会月刊·B 刊》2004 年第 11 期
25	企业全面预算管理的实施障碍与清除对策	著	《会计之友》2004 年第 11 期
26	论公司财务管理的最优目标	著	《财会月刊·B 刊》2004 年第 12 期
27	用大财务、小会计的观点来定位和发展会计信息化	著	《中国管理信息化》2005 年第 1 期
28	全面预算管理的四大特点及其对预算管理的要求	著	《国际财务与会计》2005 年第 2 期
29	杜邦分析法的应用研究	著	《财会通讯·学术》2005 年第 4 期
30	全面预算管理应用现状之企业规模比较研究	著（1）	《财经问题研究》2005 年第 5 期（增刊）

续表

序号	论文题目	著作方式	发表途径及时间
31	全面预算管理应用现状调查报告——企业行业比较研究	著（1）	《东北财大学报》2005年第5期（增刊）
32	路桥施工企业全面预算管理问题研究	著（1）	《企业内部控制与预算管理专题》中国财政经济出版社 2005.7
33	上市公司资本结构与业绩相关性的实证研究	著（1）	《财会通讯·学术》2005年第8期
34	关于构建软硬资本理论的若干问题的讨论	著（1）	《中国经济评论》2005年9月号
35	图解全面预算与企业管理的十大关系	著	《首席财务官》2005年第9期
36	软硬资本理论下的定期股权设计	著（1）	《美中经济评论》2005年10月号
37	浅论企业纳税筹划的局限性及其改进	著（1）	《会计之友》2005年10月A刊
38	广西区直属企业负责人经营业绩考核办法研究	著（1）	广西蓝皮书《广西国资改革发展报告》广西人民出版社 2005.12
39	广西区直属企业负责人薪酬模式与管理制度研究	著（1）	广西蓝皮书《广西国资改革发展报告》广西人民出版社 2005.12
40	定期股权与中小股东利益的保护	著（1）	《会计之友》2006年7月上旬刊
41	上市公司货币资金占比与业绩相关性实证分析	著（1）	《经济与管理研究·理财版》2006年第12期
42	基于中报数据的上市公司财务预警模型构建与检验	著（1）	《中国管理信息化·会计版》2007年第1期

续表

序号	论文题目	著作方式	发表途径及时间
43	成本管理系统的柔性研究	著（1）	《会计之友》2007年1月下旬刊
44	上市公司股利水平比较分析——基于石化行业的实践	著（1）	《财会通讯·学术》2007年第5期
45	高校学生培养成本核算方法研究	著（1）	《财会通讯·学术》2008年第1期
46	1980-2006年间我国财会审研究动态调查报告	著（1）	《中国管理信息化·会计版》2008年第5期
47	效益审计证据问题研究	著（1）	《广西审计2006年重点研究课题成果报告》广西人民出版社2008.6
48	会计发展与经济发展的协调性研究	著（1）	《财会通讯·学术》2008年第12期
49	我国公司资本制度的创新：建立软硬资本制度	著	《会计之友》2009年2月上旬刊
50	高校后勤财务管理的问题与对策	著（1）	《会计之友》2009年3月下旬刊
51	政府审计效能与财政资金运行安全性关系研究	著（1）	《审计研究》2010年第3期
52	中国特色财务管理学科的构建：我的几点主张	著	《会计之友》2011年5月中旬刊
53	物资采购业务外包的成本管理与核算	著	《财会月刊》2011年9月下旬刊
54	公司财务能力与审计意见类型的相关性研究	著（1）	《会计之友》2011年10月上旬刊
55	论中国特色财务管理学科的构建	著（1）	《中国大学教学》2011年第10期
56	南宁糖业与贵糖股份的资产结构、资金结构比较分析	著	《亚洲企业实践——中国西部MBA案例建设集萃》机械工业出版社2011.5

续表

序号	论文题目	著作方式	发表途径及时间
57	中国上市公司首席财务官特征调查研究	著（1）	《财会月刊》2012 年 1 月下旬刊
58	政府审计和财政资金安全运行的相关性研究	著（1）	《商业会计》2012 年第 5 期
59	财务管理的“七・三论”和“一一・一二法则”	著	《财会月刊》2012 年 4 月中旬刊
60	上市公司首席财务官特征与薪酬水平关系分析	著（1）	《会计之友》2012 年 5 月上旬刊
61	机构投资者持股能提高上市公司会计信息质量吗	著（2）	《会计研究》2012 年第 9 期
62	中国财务与会计和谐发展研究	著（1）	《会计研究》2012 年第 12 期
63	证券分析师盈余预测与上市公司盈余管理	著（1）	《会计之友》2013 年 3 月下旬刊
64	理论与实务相得益彰的中国会计研究	著（2）	《会计研究》2013 年第 9 期
65	高等学校学生培养成本核算研究述评	著（1）	《会计之友》2014 年第 28 期
66	股权制衡能抑制企业的过度负债吗	著（1）	《会计之友》2018 年第 24 期
67	财务共享的客体、主体和路径研究	著（1）	《会计之友》2020 年第 23 期
68	不同生命周期下组织结构与财务管理模式适配性研究	著（1）	《财会通讯》2021 年第 4 期
69	企业财务管理能力构成框架与评价指标构建	著（1）	《财会月刊》2021 年第 9 期
70	对把会计划分为财务会计和管理会计的思考——兼论财务管理学科的构建	著（1）	《财会月刊》2022 年第 1 期
71	如何利用财务指标对公司进行体检——以桂冠电力与桂东电力为例	著	《会计之友》2022 年第 7 期
72	论智慧财务管理的内涵、外延、特点与应用	著（1）	《会计研究》2022 年第 5 期

003 韦德洪主持完成的科研课题题目

序号	课题名称	课题性质
1	广西企业集团全面预算管理应用研究	广西社会科学规划项目
2	高校学生培养成本核算方法研究	广西教育科学规划项目
3	高等学校后勤财务管理问题研究	广西教育厅科研项目
4	高校学生培养成本核算体系研究	广西大学社科基金项目
5	会计学专业实践教学体系与实践教学基地建设的研究与实践	广西大学教学改革项目
6	财务管理专业核心课程系列教材	广西大学“十一五”期间第一批优秀教材立项建设项目
7	广西柳州凤糖集团财会审管理体制的构建与运行设计	计划内横向项目
8	广西嘉和集团全面预算管理制度及其实施细则的设计与实施	计划内横向项目
9	金美克能（越南）有限公司成本管理系统设计	计划内横向项目
10	广西南宁永凯实业集团财务管理工作改进方案	计划内横向项目
11	广西南宁永凯实业集团会计核算工作改进方案	计划内横向项目
12	广西区直属企业负责人业绩考核与评价办法研究	计划内横向项目
13	广西区直属企业负责人薪酬确定与管理以及奖惩制度研究	计划内横向项目
14	越南亚太中等技术学校办学方案策划	计划内横向项目
15	广西烟草公司财务预算管理模式与方法的改进研究	计划内横向
16	南宁壮宁公司财务分析体系设计	计划内横向
17	非上市大中型企业执行企业会计准则有关情况分析	2012 年财政部会计重点课题

续表

序号	课题名称	课题性质
18	广西社会保险经办业务内部控制制度研究	计划内横向
19	高等教育生均培养成本核算方法研究	广西教育科学“十二五”规划2013年度广西教育财务管理专项课题
20	广西社会保险基金预算管理问题研究	计划内横向
21	广西社会保险基金风险防范体系建设研究	计划内横向
22	广西中烟工业公司生产消耗预算定额管理研究	计划内横向
23	广西中烟工业公司以战略为导向的预算资源配置研究	计划内横向
24	广西中烟工业公司财务管理创新项目理论咨询服务	计划内横向
25	广西林业集团“十四五”投融资发展规划研究	计划内横向
26	广西中烟工业公司财务管理创新项目理论咨询服务 2021年项目	计划内横向
27	广西中烟工业公司财务管理创新项目理论咨询服务2022年第一次项目	计划内横向
28	广西中烟工业公司财务管理创新项目理论咨询服务 2022年第二次项目	计划内横向

004　韦德洪获得的科研奖励项目

序号	成果名称	获奖名称	获奖等级	获奖时间	著作方式
1	农村合作基金会专题研究报告	广西大学青年优秀科研成果奖	一等奖	1997	著
2	农村合作基金会专题研究报告	广西高校人文社会科学优秀成果奖	三等奖	1998	著
3	会计学专业实践教学的创新	广西高校教育教学优秀论文奖	三等奖	2002	著
4	会计学专业实践教学体系与实践教学基地建设的研究与实践	广西大学优秀教学成果奖	二等奖	2004	著（1）
5	软硬资本理论与定期股权设计	广西管理科学学术年会优秀论文奖	三等奖	2005	著（1）
6	定期股权与中小股东利益的保护	广西管理科学学术年会优秀论文奖	三等奖	2005	著（1）
7	企业全面预算管理现状分析与思考	广西第九次社会科学优秀成果奖	三等奖	2006	著
8	上市公司资本结构与业绩相关性的实证研究	广西第九次社会科学优秀成果奖	三等奖	2006	著（1）
9	财务管理理论与实务系列丛书	广西高校优秀教材奖	二等奖	2006	著（1）
10	基于中报数据的上市公司财务预警模型构建与检验	广西会计学会优秀论文奖	一等奖	2006	著（1）

续表

序号	成果名称	获奖名称	获奖等级	获奖时间	著作方式
11	上市公司货币资金占比与业绩相关性实证分析	广西会计学会优秀论文奖	三等奖	2006	著（1）
12	效益审计证据问题研究	广西审计学会优秀论文奖	二等奖	2006	著（1）
13	企业全面预算管理现状分析与思考	广西大学人文社会科学优秀成果奖	三等奖	2006	著
14	财务管理理论与实务系列丛书	广西大学优秀教材奖	二等奖	2006	著（1）
15	基于中文字义的中国财务管理学科的构建	广西会计学会优秀论文奖	二等奖	2008	著（1）
16	高校学生培养成本核算方法研究	广西教育会计学会优秀论文奖	一等奖	2008	著（1）
17	我国公司资本制度的创新：建立软硬资本制度	广西会计学会“广西会计与改革开放30周年纪念”征文活动	一等奖	2008	著
18	高校学生培养成本核算方法研究	广西会计学会“广西会计与改革开放30周年纪念”征文活动	二等奖	2008	著（1）
19	会计发展与经济发展的协调性研究	广西会计学会“广西会计与改革开放30周年纪念”征文活动	三等奖	2008	著（1）

续表

序号	成果名称	获奖名称	获奖等级	获奖时间	著作方式
20	会计发展与经济发展的协调性研究	财政部“中国会计与改革开放30年”有奖征文	三等奖	2008	著（1）
21	政府审计效能与财政资金运行安全性关系研究	广西第十二次社会科学优秀成果奖	三等奖	2012	著（1）
22	机构投资者持股能提高上市公司会计信息质量吗	广西会计学会2012年学术年会征文奖	二等奖	2012	著（2）
23	机构投资者持股稳定性对代理成本的影响	广西会计学会2012年学术年会征文奖	三等奖	2012	著（1）
24	完善高校财务管理专业校内实训教学体系的研究与实践	广西大学校级教学成果奖	一等奖	2012	著（2）
25	完善高校财务管理专业校内实训教学体系的研究与实践	广西高等学校自治区级教学成果奖	二等奖	2012	著（2）
26	基于财务视角的广西上市公司发展研究	广西会计人才小高地课题研究优秀成果奖	三等奖	2013	著（1）
27	广西社会保险经办业务内部控制研究	广西第十三次社会科学优秀成果奖	三等奖	2014	著（1）
28	机构投资者持股能提高上市公司会计信息质量吗？	广西第十三次社会科学优秀成果奖	二等奖	2014	著（2）

005　韦德洪指导的硕士研究生名录

序号	姓名	年级	专业	序号	姓名	年级	专业
1	吴娜	2002	金融会计学	1	曹丽荣	2002	工商管理硕士
2	陆秀芬	2002	金融会计学	2	韦小懿	2003	工商管理硕士
3	覃予	2002	金融会计学	3	梁文	2003	工商管理硕士
4	康玲	2002	金融会计学	4	刘远	2003	工商管理硕士
5	李慧	2002	金融会计学	5	黄希	2003	工商管理硕士
6	王秋霞	2002	金融会计学	6	杨剑洪	2003	工商管理硕士
7	蓝文永	2002	金融会计学	7	黄琰	2003	工商管理硕士
8	池昭梅	2003	财务管理学	8	覃强	2003	工商管理硕士
9	张荣艳	2003	财务管理学	9	苏芳	2004	工商管理硕士
10	满春	2003	财务管理学	10	张恩巨	2004	工商管理硕士
11	王圆圆	2004	财务管理学	11	林敏新	2004	工商管理硕士
12	王珊珊	2004	财务管理学	12	张星文	2005	工商管理硕士
13	徐小瑛	2004	财务管理学	13	岳耀奎	2005	工商管理硕士
14	侯林芳	2004	财务管理学	14	黄少荣	2005	工商管理硕士
15	李春英	2004	财务管理学	15	宋丽杰	2005	工商管理硕士
16	梁嫱	2004	财务管理学	16	覃伟楼	2005	工商管理硕士
17	陈凤娟	2005	财务管理学	17	郭洪波	2006	工商管理硕士

续表

序号	姓名	年级	专业	序号	姓名	年级	专业
18	李力	2005	财务管理学	18	蒙俊	2006	工商管理硕士
19	陈龙	2005	财务管理学	19	许晓宁	2006	工商管理硕士
20	覃国化	2005	财务管理学	20	冉婷	2006	工商管理硕士
21	杨海燕	2006	财务管理学	21	韦梅东	2006	工商管理硕士
22	罗鑫鑫	2006	财务管理学	22	胡儒锋	2006	工商管理硕士
23	农瑜瑜	2006	财务管理学	23	黄辉	2006	工商管理硕士
24	孔会芳	2006	财务管理学	24	覃丽君	2006	工商管理硕士
25	覃智勇	2006	财务管理学	25	罗宏	2006	工商管理硕士
26	郑婷婷	2007	会计学	26	廖长香	2007	工商管理硕士
27	唐妤	2007	会计学	27	刘小虎	2007	工商管理硕士
28	李秀燕	2007	会计学	28	杨建国	2007	工商管理硕士
29	张飞翔	2007	会计学	29	叶淞文	2007	工商管理硕士
30	张晓铃	2007	财务管理学	30	谢发明	2007	工商管理硕士
31	包晓	2008	财务管理学	31	封欣欣	2007	工商管理硕士
32	李素兰	2008	财务管理学	32	龚晓华	2007	工商管理硕士
33	杨柳	2008	会计学	33	黄焕裕	2007	工商管理硕士
34	刘晓琴	2008	会计学	34	施剑锋	2007	工商管理硕士

续表

序号	姓名	年级	专业	序号	姓名	年级	专业
35	梁珊珊	2008	会计学	35	唐苓	2007	工商管理硕士
36	陈薇	2009	会计学	36	颜卢	2008	工商管理硕士
37	文静	2009	会计学	37	李泳仪	2008	工商管理硕士
38	贾莹丹	2009	会计学	38	刘仁会	2008	工商管理硕士
39	欧阳琴子	2009	财务管理学	39	张玉	2008	工商管理硕士
40	郭玫	2010	会计学	40	吴文芳	2008	工商管理硕士
41	陈友翠	2010	会计学	41	莫远斌	2008	工商管理硕士
42	冯钰钰	2010	会计学	42	龙强	2008	工商管理硕士
43	宋思佳	2011	会计学	43	范海霞	2009	工商管理硕士
44	郭卫	2011	会计学	44	徐永金	2009	工商管理硕士
45	李素芸	2012	会计学	45	陈钦	2009	工商管理硕士
46	黄赞	2012	会计学	46	屈子晖	2009	工商管理硕士
47	李俊勇	2013	会计学	47	杨新凯	2009	工商管理硕士
48	覃梦鲜	2013	会计学	48	沈丹	2009	工商管理硕士
49	相玉姣	2013	会计学	49	王瑞燕	2009	工商管理硕士
50	李佳锦	2013	财务管理学	50	陈海燕	2009	工商管理硕士
51	潘柳芸	2014	财务管理学	51	杨茜	2009	工商管理硕士
52	王梦丹	2015	会计学	52	彭峰	2010	工商管理硕士
53	龙辰辰	2015	会计学	53	蓝文婷	2010	工商管理硕士

续表

序号	姓名	年级	专业	序号	姓名	年级	专业
54	容奕华	2016	会计学	54	张浩	2010	工商管理硕士
55	蔡静妮	2016	会计学	55	王海平	2010	工商管理硕士
56	潘佳佳	2016	会计学	56	冯宽	2010	工商管理硕士
57	张宜	2017	会计学	57	方小琳	2010	工商管理硕士
58	焦焰	2017	会计学	58	乔金	2010	工商管理硕士
59	胡袆琴	2017	会计学	59	高广鸣	2011	工商管理硕士
60	陆韵佳	2018	财务管理学	60	官华丽	2011	工商管理硕士
61	范丽靖	2019	财务管理学	61	华正娟	2011	工商管理硕士
62	陈势婷	2019	会计学	62	吴林	2011	工商管理硕士
63	冯梦迪	2015	会计硕士	63	吴欣	2011	工商管理硕士
64	杜倩	2015	会计硕士	64	杨军	2012	工商管理硕士
65	董曼旎	2015	会计硕士	65	徐诗玥	2012	工商管理硕士
66	霍雨婷	2015	会计硕士	66	黄亮	2012	工商管理硕士
67	万正磊	2015	会计硕士	67	李选强	2012	工商管理硕士
68	丁春莹	2015	会计硕士	68	刘文玲	2012	工商管理硕士
69	刘超杰	2015	会计硕士	69	虞勇	2013	工商管理硕士
70	任娟	2016	会计硕士	70	胡慕静	2013	工商管理硕士
71	张勇	2016	会计硕士	71	易新春	2013	工商管理硕士
72	杨怡	2016	会计硕士	72	陈铭	2013	工商管理硕士

续表

序号	姓名	年级	专业	序号	姓名	年级	专业
73	陈健萍	2016	会计硕士	73	姜林艳	2013	工商管理硕士
74	贺晓涵	2016	会计硕士	74	徐颜伟	2013	工商管理硕士
75	覃舒梦	2016	会计硕士	75	胡丽萍	2013	工商管理硕士
76	陈丹璐	2017	会计硕士	76	郗立勇	2013	工商管理硕士
77	黄夏鸿	2017	会计硕士	77	班妙璇	2013	工商管理硕士
78	李思雨	2017	会计硕士	78	陈亚平	2014	工商管理硕士
79	彭子钰	2017	会计硕士	79	刘姣燕	2014	工商管理硕士
80	李萱	2017	会计硕士	80	王珍琳	2014	工商管理硕士
81	莫艺城	2017	会计硕士	81	钟瑛	2014	工商管理硕士
82	莫致涵	2017	会计硕士	82	李孝清	2014	工商管理硕士
83	江品默	2018	会计硕士	83	杨栋	2015	工商管理硕士
84	张诗茹	2018	会计硕士	84	杨利城	2015	工商管理硕士
85	义子程	2018	会计硕士	85	钟娜	2015	工商管理硕士
86	赵思敏	2018	会计硕士	86	张惠	2015	工商管理硕士
87	黄超钰	2018	会计硕士	87	肖泉	2016	工商管理硕士
88	蒋苹苹	2018	会计硕士	88	朱潇丽	2016	工商管理硕士
89	王梦瑶	2018	会计硕士	89	刘骁	2017	工商管理硕士
90	吴可尘	2018	会计硕士	90	杨伟富	2017	工商管理硕士
91	钟礼凤	2018	会计硕士	91	李盈	2018	工商管理硕士

续表

序号	姓名	年级	专业	序号	姓名	年级	专业
92	龚芮萱	2019	会计硕士	92	张慧慧	2018	工商管理硕士
93	周一萍	2019	会计硕士	93	毛光华	2018	工商管理硕士
94	李莉雯	2019	会计硕士	94	李雍楠	2019	工商管理硕士
95	黄思侃	2019	会计硕士	95	寇宇	2019	工商管理硕士
96	王家粤	2019	会计硕士	96	叶玲玲	2019	工商管理硕士
97	孔诗秋	2019	会计硕士	97	庞祯林	2019	工商管理硕士
98	赵林	2019	高级工商管理硕士	98	王玉欣	2019	工商管理硕士
99	周泽林	2019	高级工商管理硕士	99	廖劲松	2017	高级工商管理硕士
100	朱俊	2019	高级工商管理硕士	100	余丕团	2017	高级工商管理硕士